COLLECTION FOLIO

Driss Chraïbi

Succession ouverte

Denoël

Un homme vient de mourir, le vieux Seigneur. Avec lui meurt toute une époque, dans le contexte de l'indépendance du Maroc et de la plupart des pays du Tiers Monde. Que lègue cet homme à ses descendants ? Quel héritage ont transmis les anciennes puissances tutélaires à leurs anciennes colonies ? Quel va être le destin de ces peuples face à leur émancipation ? La succession est ouverte...

Driss Ferdi, l'un des fils du Seigneur, s'était jadis révolté contre lui, avait fui sa famille, son pays, brûlant de mordre à même la civilisation occidentale, de s'en nourrir, d'élargir son horizon humain. Et c'est précisément le jour où il s'aperçoit que rien de tout cela ne s'est produit, que la transplantation ne lui a apporté qu'angoisse, déséquilibre, solitude, qu'il reçoit un télégramme de Casablanca lui apprenant la mort de son père. Il prend l'avion, regagne son pays natal. Les funérailles du vieux patriarche sont étalées sur plusieurs jours, traversées d'épisodes dramatiques, émouvants, doublées sur un mode étrangement modernisé et traditionnel par la lecture du testament : le Seigneur l'a enregistré sur bande magnétique. Si bien que c'est encore une confrontation entre le père et le fils, le passé et l'avenir.

Driss Chraïbi traite dans ce livre le sujet de sa vie, la préoccupation majeure de ses jours et de ses nuits : la valeur de la civilisation. Et c'est en racontant cette mort du père (et de tout un

passé) que le lien filial se renoue, que la continuité réapparaît :
Chraïbi retrouve pour l'évoquer ce ton de dérision et de vénération,
ce style nerveux, haché, parsemé de violences et de douces formules
patriarcales, ces mots de la tribu qui sont sa vraie voix.

Driss Chraïbi est né en 1926 à El-Jadida. Après des études secondaires à Casablanca, il fait des études de chimie en France où il s'installe en 1945. À l'âge de vingt-huit ans, il publie *Le passé simple*, qui fait l'effet d'une véritable bombe. Avec une rare violence, il projetait le roman maghrébin d'expression française vers des thèmes majeurs : poids de l'islam, condition féminine dans la société arabe, identité culturelle, conflit des civilisations. Enseignant, producteur à la radio, l'écrivain devient peu à peu un « classique ». Son œuvre, abondante et variée (romans historiques, policiers, etc.), est marquée par un humour féroce et une grande liberté de ton.

Driss Chraïbi est mort le 1er avril 2007.

PREMIÈRE PARTIE

Pour mes enfants
Laurence, Stéphane, Daniel,
Dominique et Michel
et pour Catherine, leur mère,
qui leur a insufflé la joie de vivre
dans ce monde en détresse.

D. C.

1.

Noir, froid, sans âme.

Moi l'étranger, pendant seize ans étranger, j'avais pendant seize ans tenu bon. On bâtit sa maison sur du roc, en ciment armé. Les vents peuvent souffler, les trombes d'eau tomber du ciel, rien ne pourra l'ébranler. Je vous dis que c'est du roc. Ainsi, en dépit des événements et des haines, pas un instant je n'avais perdu courage. Les événements passent et l'être humain reste. Et c'était cela le pire : continuer d'avoir foi en l'homme, coûte que coûte, avec la rage de quelqu'un qui sait que tôt ou tard il va perdre la vue, continuer de disposer d'un capital d'amour envers des gens qui m'étaient hostiles, qui tuaient par bataillons, par avion, par idéal.

Noir, froid, sans âme, je me souviens de cet après-midi de septembre, avec un sens impitoyable des détails. C'était dans une de ces villes du

Nord, au ciel bas et lourd, quelque chose comme Strasbourg.

Il avait neigé la veille et il avait venté toute la nuit : une épaisse couche de glace, dure et luisante, sur les trottoirs, aux carrefours et dans les rues désertes. Je me rappelle que j'avais employé bien des ruses pour ne pas tomber. Et j'étais tombé trois fois. Ce n'était rien qu'une chute, je le savais. Je me le répétais à voix haute. Je serrais les dents et je me disais : « Driss, reste calme. Ta maison est bâtie sur du roc, souviens-toi. Ce ne sont que des hallucinations sur un fond de conscience claire. Tu m'entends ? ta conscience reste claire. »

Oui, je me disais tout cela, je savais qui j'étais, et cependant j'étais prêt à la révolte. Hommes et femmes, tous les passants avaient des visages gris et neutres, fermés, comme si chacun d'eux transportait avec lui, en lui, son propre problème. L'être humain ! Seize ans de patience !

Et maintenant peu m'importait le docteur Kraemer que j'étais venu consulter en traversant toute la ville. Et peu m'importait ce qu'il allait m'apprendre. Couché sur le dos, avec des électrodes aux bras et aux jambes, c'était le trottoir d'en face que je regardais par la baie vitrée. Et je n'avais qu'une seule hantise : le verglas. L'après-midi touchait à sa fin, je surveillais du coin de l'œil la rotation vertigineuse de la grande aiguille de mon bracelet-montre et je me disais que la nuit allait bientôt tomber et que, avec elle, il allait peut-être se lever le vent aigre du Nord — et, en tout cas, la solitude.

— Vous pouvez vous rhabiller, dit le docteur Kraemer.

Quelque chose dans sa voix me frappa. Je tournai la tête et le vis. Il défaisait les électrodes, les courroies, avec des gestes très doux. Ses yeux me souriaient. Et ce fut comme si je le voyais pour la première fois, lui qui était enfermé avec moi, dans ce cabinet, depuis plus d'une heure. Un homme de mon âge, ou à peu près, mais qui paraissait beaucoup plus jeune que moi : calme, équilibré, maître de sa vie.

Je me levai et me mis à me rhabiller. Et, sans le regarder, je dis :

— Pendant des années, des années, je n'ai rien eu. Pas le moindre problème. Jamais. Pas même un rhume. Jamais pris le moindre cachet d'aspirine. Pas une seule maladie d'enfant, pas un seul vaccin. Un vrai chameau, un de ces ânes du Maroc qui font l'admiration des spécialistes. Les antibiotiques ? je ne sais même pas ce que cela veut dire. Sincèrement. Écoutez-moi : j'ai mangé des pierres. Et je vous prie de croire que, quand je vous dis qu'il s'agit de pierres, il s'agit de pierres.

Rien, jamais, n'a pu m'abattre. Aucune adversité. Les petites suspicions, les vexations de toute sorte, mais mon Dieu, les routes ne sont pas toutes goudronnées. C'est dur de faire l'apprentissage de la vie, et c'est encore plus dur de faire l'apprentissage de l'Europe, au moment même où toute l'Afrique du Nord est à feu et à sang. Mais, quand on poursuit un but, c'est comme si on longe un tunnel. Les ténèbres ne vous font pas peur, n'existent même pas. Seule compte la petite lueur, là-bas, au bout du tunnel. On dit de quelqu'un qu'il a eu une vie de chien. On devrait dire qu'un tel chien a eu une vie d'homme. Je fais une sorte de bilan, comprenez-vous ? Pendant trente-cinq ans, j'ai trente-cinq ans, chaque fois que j'ai eu ce qu'on appelle un problème, je me suis couché. C'est le meilleur remède, docteur. Je me suis couché, je me suis endormi tout de suite et le lendemain il n'y avait plus de problème. Alors, criai-je...

Le docteur Kraemer me dit paisiblement :

— Et maintenant, voulez-vous me suivre dans mon bureau ?

Je l'y précédai, dans son bureau. Comme un projectile. J'agissais d'une façon insensée, je le savais. Mais il y avait sa douceur, son calme, la bonté de ses yeux — toutes choses dont j'avais perdu depuis longtemps le souvenir chez un être humain. Jamais, comme à ce moment-là, je n'avais autant besoin d'affection.

— Alors, criai-je, voulez-vous m'expliquer pourquoi, oui pourquoi, je suis devenu ainsi ? Voici les symptômes : de dix heures du matin à trois heures de l'après-midi, régulièrement, je suis en ébullition nerveuse. Des gens que j'adore, mes propres enfants, je pourrais les casser alors comme des assiettes. Anxiété nocturne, insomnie. Je me lève et sors dans les rues noires et désertes, où il n'y a strictement personne, où il n'y a que le froid, le verglas, la solitude, à la recherche de Dieu sait quoi, peut-être d'un sursis à l'angoisse qui nous est commune à tous. La condition humaine, docteur. Ma belle-mère, quelle brave femme, en mon âme et conscience ! Alors pourquoi cette hostilité constante et acharnée sur elle, et sur elle seule ? Autres symptômes : anorexie, amaigrissement, bouche sèche, soif intense, palpitations, picotements sous-cutanés, ce que vous, médecins, appelez paresthésie. Et dernièrement, des secousses musculaires. J'ai eu des douleurs atroces au cœur, comme des coups de couteau qu'on appréhende, auxquels on s'attendrait depuis longtemps. J'ai des espèces d'élancements partant du cœur, puis s'irradiant, contournant l'épaule et s'irradiant dans le bras gauche, jusque dans l'auriculaire et l'annulaire. Je me suis affolé.

Ma femme aussi. Et ma belle-mère donc! En termes cliniques, c'est ce qu'on appelle l'aliénation. Celle d'un être sain, congénitalement sain, et qui en est réduit au type qui vous parle. Qu'est-ce qui ne marche pas? Et pourquoi? Où est le chameau? Où est l'âne du Maroc?

Ma voix était devenue aiguë. Je m'attendais à un rappel à l'ordre, au calme, et je ne sais pas ce que j'aurais fait dans ce cas. Mais il avait joint les doigts bout à bout et me regardait avec bonhomie, avec curiosité. Il dit :

— La scopie est bonne. L'auscultation également. L'électrocardiogramme ne présente rien de particulier. Vous avez un cœur normal, un cœur d'enfant. Vous êtes content?

J'ouvris et refermai la bouche, coup sur coup, sans émettre le moindre son. C'est tout ce que je pus faire. Étrangement, à cet instant-là, je pensai à Isabelle, à certains de ses propos sur la vie, le bien et le mal, et qui m'avaient toujours paru idiots et que je commençais seulement à comprendre à présent.

— J'ai là, poursuivit le docteur Kraemer, les résultats de neurologie. Rien de particulier. Un peu nerveux sans doute, mais c'est dans l'ordre. Ce que je n'arrive pas à situer, ce sont les symptômes. Dites-moi : il y a longtemps que vous prenez des tranquillisants?

Pour la première fois, je parlai sur un ton posé. J'étais au-delà de la colère. On se dit : voilà enfin un représentant de l'humanité, on se dit que c'est gagné, qu'on n'est plus seul et désespéré d'être seul, que l'histoire des hommes signifie quelque chose malgré tout, et que l'évolution de l'espèce n'est pas à rebours. Et puis, ce représentant attardé de cette humanité nébuleuse et utopique *croit* vous comprendre, avant même que vous n'ouvriez la bouche. Oui, j'étais au-delà de la colère et je dis posément :

— Des tranquillisants ?

— Ne faites pas l'enfant. Du méprobamate, de la chlorpromazine, les calmants qu'on prend à tort et à travers et qui provoquent précisément les réactions que vous présentez. Je ne vois que cela. Votre comportement présent s'explique par l'abus des tranquillisants. Le centre moteur qui règle les émotions et les fonctions automatiques est altéré. Si vous preniez de l'alcool, je le verrais. Si vous vous droguiez, je le saurais aussi. Je ne vois que les tranquillisants qui ont pu vous aliéner ainsi et, d'individu sain, vous détraquer complètement.

Je me levai. J'étais en train de me lever et je me préparais à lui répondre que je ne savais toujours pas ce qu'étaient les tranquillisants et qu'il y avait autre chose, certes oui, qui pouvait vous détraquer un homme sur le plan physique — et, sur le plan moral, transformer un individu foncièrement bon en un individu méchant et haineux. Mais je n'en eus pas le temps.

Je n'étais, je m'en souviens bien, ni tout à fait debout ni tout à fait assis, quand le téléphone sonna. Je ne sais pourquoi, mais je restai dans cette position tandis que le docteur Kraemer décrochait le téléphone et écoutait. Et quand il me le tendit, quand il me dit : « C'est pour vous », quand il alluma une cigarette (son briquet ne fonctionna pas et il dut se servir d'une boîte d'allumettes et il la chercha longtemps dans les tiroirs de son bureau), quand enfin je pus porter l'écouteur à mon oreille, je restai ainsi, les genoux en équerre et le buste tendu en avant, prêt à m'élancer, ou à m'écrouler tout à fait.

Derrière le bureau, il y avait une baie vitrée, semblable à celle du cabinet de consultation. Mais elle était ornée d'une paire de rideaux froncés, en mousseline. Derrière cette baie, à une distance qui me paraissait tantôt très grande et tantôt rapprochée, il y avait une maison, une façade grise avec des rectangles béants et noirs en guise de fenêtres et toute barbelée d'échafaudages sur lesquels se mouvaient une demi-douzaine de maçons en bleu de travail. Dans l'intervalle, je vis tout à coup la neige. Elle tombait en flocons drus et obliques.

18

Une voix lointaine me parvint. Je la reconnus tout de suite. Et comment ne l'aurais-je pas reconnue ? On a bâti sa maison en béton. Les vents ont soufflé. Les trombes d'eau sont tombées du ciel. Et la maison s'est écroulée. Elle était bâtie sur le sable, en guise de roc. C'est insensé.

— Allô, Driss ?

Voici ce que je dis, voici tout ce que je dis ce jour-là :

— C'est Isabelle ?

— Écoute, Driss, je préfère te le dire tout de suite. Un télégramme vient d'arriver de Casablanca. Écoute, Driss...

J'écoutai et, à la même seconde, tout ce qui était moi mourut et le reste acquit une vie démesurée. Ce fut d'abord le silence. Une pluie de silence. Avec des lames de fond soulevant, tordant la sensibilité, l'idéation, la mémoire. Avec des heurtoirs en bronze ébranlant l'espace et le temps, défonçant les portes du présent et du passé. Les portes oscillaient sur leurs gonds à moitié arrachés, lentement, longuement, dans un silence de désert. Et il n'y avait personne derrière ces portes, des milliers de portes, plus un seul de ces êtres qui avaient vécu, souffert, qui avaient porté leur époque à bout de bras et procréé les générations présentes. Leur ombre, leur héritage, leur souvenir même étaient morts avec eux. Et pas un seul

19

de leurs descendants n'était là pour en témoigner et c'était comme s'ils étaient tous morts, eux aussi.

Puis, à la place du silence, s'installa le vertige. Le bout de cigarette qu'on écrasait dans le cendrier se tordit comme un ver de terre. Et la main qui allumait une autre cigarette prit une forme nouvelle, devint courte et épaisse, dure comme de l'acier. Et, derrière le visage jeune aux yeux souriants avec un arrière-fond d'inquiétude, il y eut celui du Seigneur. Ce fut d'abord comme une vitre sur laquelle un peintre désœuvré eût peint à la gouache la tête du docteur Kraemer. L'énorme vague qui venait du passé fondait sur cette vitre, y effaçait une oreille, un œil, le nez, à chaque rafale — et, derrière, apparaissait peu à peu le vrai modèle, par bribes, une oreille, un œil, le nez du Seigneur. Et quand le portrait fut dissous, ce fut comme s'il n'y avait jamais eu de vitre, comme si la moitié de ce qu'on appelle une vie n'avait rien signifié d'autre qu'une gouache sur du verre. Le Seigneur était là, assis sur une vieille caisse d'oranges, face au soleil, rigide et digne. Ses bras étaient croisés sur ses genoux. Il ne rêvait même pas. A ses pieds il y avait une rigole, un sillon fraîchement creusé à la houe dans la terre rouge, entre les plants de tomates. L'eau du réservoir se déversait en bouillonnant dans ce sillon, imbibait la terre sèche, courait le long d'autres sillons parallèles. A perte de vue, des plants de tomates et, au loin, presque un rêve, le soleil brasillant au couchant, là où commençait la mer. A perte d'ouïe, l'explosion continue du vieux moteur Diesel, le sifflement des courroies de transmission, le chuintement de la pompe et, par saccades, quand tournait la brise du soir, le claquement des feuilles de roseaux. L'eau tombait dans la rigole et le Seigneur la regardait tomber. Et, à mesure que les plants buvaient cette eau, les muscles de son visage se détendaient.

La voix du docteur Kraemer :

— Hé là ! Qu'est-ce qu'il y a ? ça ne va pas ?...

Le Coran disait :

Que l'homme considère comment lui vient sa subsistance. Voici : Nous avons déversé l'eau en un déversement et Nous avons creusé la terre en sillons. Nous avons creusé la terre en sillons et Nous y avons fait croître des graines et des raisins, et des palmiers et des oliviers et des jardins pleins de merveilles, d'âge en âge. Alors, lorsque viendra la malédiction, le jour où l'homme fuira son frère et sa mère et son père et ses enfants, ce jour-là tout le monde trouvera sa sanction. Il y aura des visages souriants, confiants, sereins. Et il y en aura d'autres couleur de poussière.

Le docteur Kraemer derrière moi, sa main m'arrachant le téléphone, sa voix disant, paisible :

21

— Non, madame. C'est le docteur Kraemer...
Oui, je comprends... Bien sûr, madame, vous
pouvez compter sur moi...

Le Seigneur disait :

« Peu nous importent les événements et la
marche des événements. Voici six cents hectares
de tomates, de blé dur et d'orge, pour les humains
et les animaux. C'était une terre inculte depuis la
nuit des temps, jonchée de pierres et de ronces.
Dans ce pays tout au moins, Dieu ne déverse pas
souvent l'eau en un déversement. Nous avons foré
des puits, de nos propres mains que voilà. Parfois,
il nous a fallu creuser à quarante-deux mètres de
profondeur. Et maintenant, regarde, Driss. Ça
grouille de vie. Le Coran a raison : l'homme doit
se demander constamment comment lui vient sa
subsistance. »

Le docteur Kraemer me tapotant l'épaule,
disant :

— Courage, vieux. Je vous raccompagne chez
vous en voiture. Courage, mon vieux.

Je me suis toujours rappelé les mains du
Seigneur, l'odeur de ses vêtements, ses yeux
pleins de bonté et d'honneur. Il était mes tenants
et mes aboutissants, la base même de ma vie. Je le
revois à table, je le revois maniant la bêche,
signant des chèques, ou bien assis à l'ombre d'un

oranger avec un livre sur les genoux où il apprenait à lire, à cinquante ans.

Le docteur Kraemer conduisant d'une main. La neige tombant en flocons de plus en plus épais et de plus en plus blancs. Les essuie-glace pendulant sur le pare-brise avec un bruit de ferraille.

Il y avait longtemps, si longtemps que je m'étais révolté contre le Seigneur, à un âge où je ne savais rien de la vie. L'orgueil aidant, j'avais oublié l'objet même de cette révolte. D'un seul coup plongé dans la réalité d'un monde qui n'était pas le mien, auquel rien ne m'avait préparé sinon une littérature romanesque et un diplôme d'études secondaires, je m'étais employé jusqu'à présent, non pas à donner un sens à ma vie (c'eût été un luxe), mais simplement à survivre, à pouvoir subsister. Et, quand les haines devenaient tenaces autour de moi comme des mouches à viande, quand le désespoir s'emparait de mon âme et me soufflait de rejoindre l'autre camp, le mien, le meilleur, celui où l'on se battait pour l'indépendance et la dignité de l'homme, toujours je m'étais rappelé mon père, les mains de mon père, l'œuvre de ses mains.

Le docteur Kraemer disant :

— C'est la moindre des choses, madame.

Se tournant vers moi et répétant :

23

— Courage, mon vieux.

Fermant doucement la porte dans mon dos.

Ils étaient tous là, Isabelle, sa mère, mes deux enfants. Assis. Sagement. Comme s'ils écoutaient un concert. Voici l'œuvre de mes mains. La voici donc ! Il n'y avait pas de terre. Ni inculte ni jonchée de pierres ou de ronces. Je n'ai pas foré de puits. Je n'ai même pas remué une pelle ou une pioche. Je n'ai rien produit. Je n'ai rien à transmettre à ces deux enfants qui seront, bon gré mal gré, mes descendants. Un croisement de races et d'angoisses. Et maintenant, je m'assois entre eux, sur le canapé. C'est tout ce que je peux faire. Et, en moi, lentement, s'élève le Cantique des Morts : « *Misère est notre misère et périssables sont nos corps.* »

21 septembre. — *Ce pauvre homme, j'aurais pu lui prescrire un sédatif classique : un peu de spartéine, un peu de papavérine, du bromhydrate de quinine et du gardénal à dose infantile. Deux pilules par jour, midi et soir, un quart d'heure avant les repas. Cure de huit jours, à renouveler en cas de besoin. Mais à quoi bon ?*

Freud prétend que l'insatisfaction humaine engendre à la fois les névroses individuelles et les œuvres de la civilisation collective — et je veux bien le croire. Mais ne faut-il pas admettre en retour une explication du refoulement et des névroses par la civilisation ? Chez ce pauvre homme, c'est le moral qui est atteint, la faculté de croire et de vivre. Et, dans ce cas, à quoi lui auraient servi mes pilules ?

. . . .

22 septembre. — *Le praticien médical que je suis ne doit-il pas consentir à n'être qu'un praticien ? Et mon travail n'est-il pas de guérir en appliquant une*

25

technique ? Alors, qu'ai-je à me soucier de répondre à
des questions d'ordre théorique ?

. . . .

28 septembre. — *Dans l'exercice de ma profession, sur le plan pratique, mon entreprise thérapeuti-
que ne se situe-t-elle pas à l'échelle individuelle, et
non collective ? Qu'est-ce qui peut bien m'autoriser à
devenir un révolutionnaire et à entrer en lutte ouverte
contre la société ? Même si je reste persuadé que le mal
a ses racines dans notre civilisation et que ce pauvre
homme a été détraqué par notre civilisation, n'est-ce
pas la profession dans son ensemble que je remets en
question, si je continue, comme je le fais depuis huit
jours, à me poser des questions aussi absurdes ?*

. . . .

2 octobre. — *En somme, il s'agit de voir clair.
Face à ce cas de malheur, si jamais il se représente,
que puis-je ? En mon âme et conscience, qu'est-ce que
je pourrais faire ? Prescrire mes pilules ? Admettons.
Or, que signifierait une entreprise qui consisterait à
calmer les nerfs de cet individu, à le « guérir », pour
qu'il soit ensuite « adapté » à une société qui l'a rendu
malade ? Et, si je ne lui donnais pas de pilules, si je le
laissais « inadapté », ne ferais-je pas mieux de mettre
la clef sous le paillasson et d'aller vendre des
casseroles ? Et, somme toute, pourquoi suis-je en train
de me triturer les méninges ? Les circonstances ont fait
que je n'ai eu qu'à le reconduire chez lui, sans rien lui*

prescrire du tout. Et c'est tant mieux. J'ai eu par la suite à m'occuper d'Européens, de bons Européens — je m'en occupe à longueur d'année. Eux du moins, s'ils ont les nerfs atteints, je ne vais pas en rendre responsable la civilisation qu'ils ont produite.

. . . .

2.

— J'ai lu vos livres, poursuivit l'homme qui s'était assis à côté de moi. (Il m'avait offert une tasse de café et j'avais refusé. Une cigarette, un bonbon à la menthe, sa carte de visite — sans plus de succès : les géo-physiciens m'ont appris naguère, au temps où j'avais soif de savoir plutôt que d'apprendre, que l'homme s'était épanoui à l'âge des glaciations, une espèce de réaction contre le froid.) J'ai étudié votre œuvre avec toute la profondeur qu'elle mérite. Une chose me frappe : dans tous vos livres, le héros est un artiste. Et l'artiste, n'est-ce pas...

Le reste de son discours se perdit je ne sais où, peut-être dans les éclats de rire qui fusaient dans mon dos, peut-être aussi dans le ronronnement feutré des moteurs. Sa voix était aussi chaude que la main qu'il avait posée sur mon genou. Il l'y avait posée au moment où l'avion prenait son vol — et, depuis, il l'y avait laissée. C'était un de ces innombrables intellectuels qui avaient hanté ma solitude, un *homo sapiens miserabilis*. Il m'avait reconnu mais il n'aurait pas reconnu son boucher, il avait lu mes livres et m'entourait d'une sollicitude fraternelle en me parlant de littérature et d'artistes.

L'hôtesse de l'air allait d'un fauteuil à l'autre, le bras chargé de plateaux. Quand elle se penchait, quand elle tendait un plateau, quand elle se relevait, c'était comme si elle dansait. Elle avait des gestes lents et gracieux et le sourire qui inondait sa face était un petit soleil. Elle arriva à ma hauteur et, du coup, ce fut un autre visage, dramatisé soudain, et comme pétri dans l'argile. Par-dessus ma tête, elle fit passer un plateau à mon compagnon et disparut de mon champ de vision. A moi, elle n'accorda pas un regard. Je l'avais prévenue. Un quart d'heure avant le départ, je m'étais dirigé vers elle et, sans dire un mot, je lui avais remis une feuille de papier pliée en quatre sur laquelle j'avais tapé à la machine des mots très simples, afin qu'elle pût comprendre aisément : « JE NE MANGE PAS. JE NE BOIS RIEN. JE NE FUME PAS. JE N'AI BESOIN DE RIEN. LAISSEZ-MOI DANS MON COIN, JUSQU'A L'ARRIVÉE. S'IL VOUS PLAÎT. MERCI. DITES-LE A VOS COLLÈGUES. S'IL VOUS PLAÎT. MERCI. »

— Il y a l'engagement, n'est-ce pas ? monologuait l'*homo sapiens*. La participation aux problèmes de notre temps. Le problème de l'action prime tous les autres, n'est-ce pas? Mais vous allez voir, cher ami, que même cette action est dépassée. Prenez Malraux par exemple. On a prétendu qu'il y avait deux Malraux, le jeune et le vieux, le vivant et le mort, l'actif et le passif, l'homme du combat et l'homme de l'art. Mais je vais vous démontrer qu'il n'y en a jamais eu qu'un seul, un homme logique avec lui-même, un homme homogène, en un mot un artiste.

A un jet de salive, devant moi, il y avait un couple mixte. L'homme était jeune, extérieurement tout au moins, avec des cheveux noirs, frisés et brillants, avec une moustache mince comme du coton à repriser et une panoplie de stylographes agrafés à la pochette de son veston. Il parlait à voix haute, décrivait en poète l'immense domaine de son père, prenait une orange et, la pelant à coups de pouce, s'écriait : « Oh, là là, chez nous au Maroc ça s'achète au tas, ça se donne. Tu verras chérie tu verras. » La femme riait. J'entendais son rire, je ne le voyais pas. Derrière ses lunettes à monture dorée, ses yeux de myope étaient peureux. C'était une de ces phobo-obsessionnelles dont parlent les psychanalystes, que j'avais connues, et aimées, au cours de mon long séjour en Europe : la phobie du sexe tourné en

31

dérision, la peur des changements, la peur surtout de la mort contre laquelle on s'assure par tous les moyens. Ordonnées et méthodiques dans leur travail comme dans leur vie privée, consciencieuses et réalistes, symboles de cet Occident qui m'avait rendu adulte. Elle avait des mains qui eussent inspiré un Rodin, une poitrine tendue comme une paire de lévriers en laisse, tendue par la vie qu'elle s'acharnait à tuer en elle à tout moment, et une chevelure longue, très longue, tombant sur ses épaules, sur son fauteuil, sur le bras de son mari, comme une coulée de bronze. L'homme parlait et elle riait froidement, sans qu'il en parût une seule trace sur son visage. Seules, ses mains, parfois, se refermaient sur la main de son mari et la pétrissaient, tandis qu'il levait vers elle un visage d'idolâtre prêt à massacrer toute une tribu pour l'amour d'une femme.

Je me surpris à sourire. Et peut-être était-ce à elle que je souriais. Par le hublot, vu à dix mille mètres d'altitude, quand s'effrangeaient les nuages en un long voile moiré et plein de déchirures, ce pays auquel j'avais cru et croyais encore et qui défilait sous mes pieds à huit cents kilomètres à l'heure se réduisait somme toute en une carte géographique, avec des cours d'eau et des bandes de verdure dont avaient rêvé mes aïeux au cours des siècles. Mais où était donc l'humain ?

Je me souviens. On ne devrait jamais se souvenir. J'étais entré dans ce pays comme on entre dans la vie. Riche d'argent et d'espérance. Riant à gorge déployée, ardent et sensible, venant d'un passé simple, si simple et si élémentaire que l'histoire des hommes s'était chargée de le mettre à bas à coups de bombes et de haines. Seule a survécu en moi la sensibilité. La violence de la sensibilité. Je l'ai toujours portée en moi, de plus en plus violente et muselée, à mesure que s'effritait ma capacité de croire et que s'entassaient les morts. Elle est là, dans mon crâne, dans mes mains, dans mes yeux. C'est pour cela que je surveille mes mains à chaque instant et que je porte des lunettes noires que je n'enlève que la nuit, dans mon lit, quand je suis sûr que je peux enfin dormir. Le pire attentat, c'est l'attentat à l'âme. Peu importent le corps et la faim du corps. Il faut des bases pour ce qu'on appelle une vie d'homme. Et, quand ces bases viennent à manquer, quand vous les voyez là, à vos pieds, vieilles et pourries alors qu'on les croyait d'acier, je vous jure que vous êtes prêt à n'importe quel meurtre. Ce qui m'a sauvé, c'est l'héréditaire patience. Mais cela m'a coûté ma foi.

Ah ! vous êtes de ces gens qui font comme ça ? Cette phrase, je l'ai entendue il y a des années. Ma mémoire me survivra. Oui, j'étais de ces gens qui font comme ça, qui lèvent les bras au ciel et se prosternent en direction de La Mecque. J'ai regardé la femme qui me questionnait ainsi, le jour même de mon entrée en France, dans un vestibule d'hôtel. Je l'ai regardée comme on regarderait une mère. Je voulais bien qu'on me protège, qu'on me colonise, me civilise, me donne un brevet d'existence, mais ça ? Un visage carré et plat comme une tête de veau à l'étal, et qui riait, avec des yeux de veau ? Ce pauvre type pas plus haut que le comptoir et qui trempait sa moustache dans son verre de vin blanc à six heures du matin, ça ? Ces bourgeois, ces marchands, ces fonctionnaires de la vie noyés dans la tourmente de leur propre existence et qui, à plus forte raison, n'avaient que faire de s'intéresser à des gens qui n'étaient pas faits comme eux, qui ne parlaient pas leur langue, n'avaient pas leur mentalité, leur religion, leur peau ? Je suis allé d'année en année, de département en village, les bras tendus en avant, une sorte de nomade sans bâton et sans Bible et criant par tous mes pores, par tous mes cheveux : « J'ai tourné le dos à une famille de bourgeois et de seigneurs et quelle famille, quel monde vais-je trouver ici ? J'ai claqué toutes les portes de mon passé parce que je me dirige vers l'Europe et vers la civilisation occidentale et où donc est cette civilisation montrez-la-moi, montrez-m'en un seul gramme je suis prêt à croire je croirai n'importe quoi. Montrez-vous, vous les civilisateurs en qui vos livres m'ont fait croire. Vous avez colonisé mon pays, et vous dites et je vous crois que vous êtes allés y apporter la lumière, le relèvement du niveau de vie, le progrès, tous missionnaires ou presque. Me voici : je suis venu vous voir dans vos foyers. Sortez. Sortez de vos demeures et de vous-mêmes afin que je vous voie. »

J'ai discuté avec tous ceux que j'ai rencontrés et qui ont voulu m'entendre. J'ai vécu souvent avec l'habitant, dépensant sans compter l'énorme mandat que mon père persistait à m'envoyer tous les mois, et leur mendiant, à tous ces gens, une toute petite chose : « Dites, madame, dites, monsieur, mon petit garçon, ma petite fille, dites-moi que je ne me suis pas trompé, que vous venez à peine de vous libérer de l'occupant allemand et que vous allez bientôt redevenir les êtres dignes, généreux et fraternels dont m'ont parlé votre kyrielle d'écrivains, de philosophes et d'humanistes. Je vous en prie. C'est tout ce que je vous demande. Je vous en prie. Je ne me nourris pas de poèmes ni de morceaux choisis, j'entre dans ma vie d'homme. Je ne suis pas le seul dans mon cas, je suis plusieurs, toute une foule de colonisés et de protégés. Nous n'avons pu venir à vingt-cinq millions que nous sommes là-bas, mais c'est comme si nous étions tous venus. »

J'ai rencontré toute sorte de gens et, derrière ce qu'ils disaient, il y avait leurs yeux. Le regard de leurs yeux me hante encore. J'ai rencontré des jeunes comme moi, ou à peu près, à l'université et partout ailleurs, filles et garçons. J'ai même dansé en leur compagnie, bien que je sois aussi souple qu'un poteau. Quand se terminait le bal, j'invitais tous ceux qui voulaient venir dans ma chambre. Et je les écoutais, je les regardais parler. Cela a duré quelques mois. J'étais plein de bonne volonté et ma patience avait des racines de palmier-dattier. Un jour, j'ai accroché un écriteau à ma porte : « Laissez-moi seul. »

J'ai fait du sport, moi. Ceux qui me connaissent doivent bien rire en me lisant. Tant que j'étais sur un stade ou dans une piscine, je souffrais le martyre. Mais j'avais décidé de poursuivre ma quête, coûte que coûte. J'ai même battu un record au saut en hauteur, paraît-il.

J'ai connu nombre de femmes et ça s'est toujours limité là. Le sauvage, l'étalon, j'ai foi dans ton corps de cannibale. D'autres en ont fait toute une littérature, avec des thèmes soi-disant universels — pas moi. Que celles qui se souviendraient encore de moi et viendraient à lire ces lignes veuillent me pardonner. De limiter là mon propos.

Un jour, j'ai envoyé mon diplôme à mon père, en lui signalant que je disparaissais de la circulation. Le plus grand service qu'il pourrait me rendre était de me laisser me débrouiller tout seul, sans argent, sans aide d'aucune sorte. Puis j'ai plongé dans la vie. Bougnat, manœuvre, crieur de journaux, photographe, veilleur de nuit, tous ces métiers qui mènent un individu à la gloire et à la fortune, en Amérique tout au moins, ne m'ont mené, moi, que dans cet avion qui fonce à huit cents kilomètres à l'heure vers la terre natale que j'avais fuie naguère.

Je suis descendu à la mine et ce n'est certes pas un titre de gloire. La seule chose que je n'aie pas faite, c'est de vendre des tapis. Parce que je n'en ai pas trouvé à vendre. Mais j'ai été journaliste, écrivain, critique littéraire. Les années les plus pénibles de ma vie. Partout, j'ai cherché des hommes et voici : j'ai trouvé des gens, hommes et femmes, qui étaient tout à fait libéraux tant qu'ils étaient en ma présence et qu'ils me parlaient, et qui redevenaient des « Français d'abord », des Européens et des Blancs. Activement ou passivement, ouvertement ou en secret, ils souscrivaient à la poursuite de l'ère coloniale, à la guerre et au massacre. J'ai lu jadis un livre de Gide. Mais le

37

Maître s'est trompé. Que voilà les faux-monnayeurs !

Mais vous, c'est différent. Vous êtes un évolué. Ce n'est pas du tout la même chose. Cette phrase, il me fallait serrer les dents pour accepter de l'entendre. Et je l'ai entendue souvent.

Voici : j'ai trouvé des gens, hommes et femmes, qui acceptaient le Nègre à la rigueur, le Chinois à la rigueur, mais pas l'Arabe. Ils en voyaient des échantillons défiler à la lisière de leurs villes et de leur société, en butte aux sévices policiers, au sous-emploi, à la faim du corps et de l'âme. Estropiés du corps et de l'âme depuis des siècles et des générations, de père en fils, avec une loi d'hérédité parfaite et immuable. Un pauvre, cela fait toujours peur. Mais il ne leur venait pas à l'idée que ce pauvre, une fois vêtu et nourri, et traité d'égal à égal, pourrait leur ressembler comme un frère. Ils mâchaient leur dignité comme on mâcherait une botte de paille. Ils lisaient leurs journaux. Une presse mal informée et informant trop tard, *après*, longtemps après la mort d'un homme et d'un peuple.

Voici : j'ai trouvé des gens, hommes et femmes, qui s'en foutaient. Ils avaient démissionné depuis longtemps, démissionné de tout. « Et vous ne croyez pas que c'est partout la même chose ? » disaient-ils. « A quoi bon ? » disaient-ils. « Il faut de tout pour faire un monde ! », disaient-ils. Mais ils devenaient mauvais quand on entamait leur petit monde fermé, qu'ils avaient mis des années à consolider et à clôturer de béton et de fil barbelé.

Voici : j'ai trouvé les pires de tous. Ceux qui se font forts de démontrer que toi, Arabe, tu ne connais rien aux Arabes. Qui vous mettent dans le secret des dieux et vous offrent en partant une cigarette en guise de poignée de main. Ceux-là avaient peur et je les ai vus à l'œuvre. Mais ces choses-là ne se racontent pas, même pas dans un livre.

Voici : j'ai vu des pauvres types, de pauvres bougres à un bifteck par mois qui devenaient subitement des colons quand ils avaient affaire à d'autres pauvres types ou pauvres bougres à zéro bifteck par an, mais qui n'avaient pas la chance d'être faits comme eux. Alors que signifient ces idéologies des lendemains qui chantent ?

Voici : j'ai discuté avec des intellectuels, de ceux qui se targuent d'être à l'avant-garde de notre époque. Ils m'ont donné des conseils pour écrire, pour « percer », pour faire carrière dans la littérature. A cela, je n'ai pas trouvé encore de réponse. Je ne sais pas répondre aux insultes. Oh ! les colloques, les séminaires, les tables rondes ! Ils m'ont entretenu de problèmes de byzantins modernes qui n'ont rien à voir avec les turboréacteurs, avec le sang qui coulait tous les jours là-bas et ici même et qui aurait nourri jusqu'à la nausée les affamés de la terre, si on avait pensé à en faire du boudin. Ils m'ont entretenu du contrôle des naissances, de l'œcuménisme et de la coopération culturelle, mais nous n'en sommes pas encore là ! Nous y viendrons peut-être, si Dieu le veut et les hommes donc ! mais nous n'en sommes pas encore là. Ils m'ont parlé de gauche et de droite, alors que chez nous non seulement il n'y a pas de gauche du tout, mais il n'y a même pas une droite qui mange à sa faim. Ils m'ont entretenu d'art et de vagues dans le cinéma et dans le roman. Mais je vous jure que nous n'en sommes pas encore là.

Voici : je suis entré dans les cathédrales archi-tecturales et j'ai entendu, j'ai vu, j'ai vibré. Rien ne m'autorisait à communier, mais j'ai communié. *Tu ne tueras point !* Et, de l'autre côté de la mer, le Coran affirmant en toutes lettres, en langue arabe claire et intelligible : *Tuer un seul être humain, c'est tuer tout le genre humain.* Alors, que signifient ces religions des lendemains qui chantent ? Le Christ, on le recrucifie tous les jours. Quant à l'Islam, a-t-il jamais existé ?

Voici : j'ai rencontré des gens, hommes et femmes, des individus isolés. Et ils étaient bien plus nombreux que je ne l'avais cru. A eux seuls, ils rachetaient le troupeau. Mais ils étaient isolés et ils ne pouvaient rien, humainement rien. C'est le droit commun qui régit la vie.

Voici : quand j'étais prêt au démembrement, prêt à l'éclatement de ma conscience, quand je ne savais plus dans quel monde je vivais ni pourquoi ni même si je vivais, quand au lieu d'avancer je reculais comme un mulet malade, quand j'étais vaincu et bien vaincu, quand je mangeais de la colle et uniquement de la colle pour pouvoir subsister jusqu'à un problématique lendemain — il y avait la voix. La voix disait : « Il te suffit d'un timbre. D'un bout de papier, d'une enveloppe et d'un timbre. La lettre mettra deux jours pour parvenir à ton père. Et, du coup, tous tes maux seraient guéris. »

Et voici : au milieu de la débâcle, je m'étais marié. Je ne voulais pas faire le malheur d'une femme, mais je m'étais marié. Quand elle dormait, je la regardais dormir. Toutes les lumières étaient éteintes, mais je pouvais la regarder dormir. Mes insomnies datent de cette époque. Toute ma capacité d'aimer, je l'ai reportée sur Isabelle. Et j'en étais arrivé à aimer une pierre, une allumette, une brosse à dents. Elle était fragile, décalcifiée par la guerre, mais sereine. Aimer, cela fait peur parfois. Je la regardais et je me disais que maintenant j'étais heureux, que j'avais fait mon

41

trou et que la détente viendrait après, le tassement des choses qu'on prend trop à cœur. Mais je savais que cela ne résoudrait rien. Une braise de charbon de bois, sous une cendre de charbon de bois, peut durer un jour, trois jours au plus. Une braise enfouie dans un crâne dure souvent toute une vie. Je tournais le bouton de la radio et l'étincelle jaillissait, la flamme devenait vive, devenait incendie. Et j'entendais les hurlements des mourants et, parce que ces mourants n'étaient pas moi, j'avais honte d'être là, dans mon trou de bonheur.

Et que me veut donc ce chacal aux yeux éteints et aux joues creuses ? Pourquoi est-il là ? Pourquoi étreint-il ma main tandis que l'avion descend vers la terre de mes ancêtres ? Il dit :

— Pour ces précieux moments que nous venons de passer ensemble. Je compte donc sur vous, cher ami, sur votre participation au débat qui suivra ma conférence. Car, n'est-ce pas ? c'est l'art en définitive qui nous rapprochera, après toutes ces tueries. L'art dépasse l'homme et la condition d'homme. Il lui survit. C'est à la recherche de ces vestiges de l'homme qu'on appelle œuvres d'art que la délégation que j'ai l'honneur de présider...

Et j'ai détaché la courroie qui me maintenait à mon siège. Et j'ai regardé cet homme avant de me lever. Mon regard disait : j'ai compris. Vous venez d'essayer votre conférence sur moi avant de l'essayer sur tout un auditoire. Si je sais encore compter, vous avez parlé pendant trois heures d'horloge. Si votre conférence est de ce poids, je plains mes compatriotes. Mais écoutez : je ne crois pas. Je ne crois pas à cette église future que peupleront vos idoles d'art. Je ne me vois pas me prosternant devant une assiette de Picasso. Parlez pour vous. Mais laissez les autres courir leur chance. Vous, vous en êtes déjà là et c'est tant mieux pour ne pas dire tant pis. Si j'ai bien compris, vous allez dans nos pays d'Afrique à la fois pour faire des conférences et essayer de dénicher des œuvres d'art. Écoutez : je doute que vous puissiez en trouver ici. Des pierres, vous en trouverez tant que vous voudrez, par camions entiers : le gouvernement vient de lancer l'opération dépierrage. Mais, avant de ramasser des pierres, dites : vous ne feriez pas mieux de ramasser les ossements humains ?

Et je me suis levé et j'ai dit posément :

— J'ai compris. Vous venez d'essayer votre conférence sur moi avant de l'essayer sur tout un auditoire. Si je sais encore compter, vous avez parlé pendant trois heures d'horloge. Si votre conférence est de ce poids, je plains mes compatriotes. Mais écoutez : je ne crois pas. Je ne crois pas à cette église future que peupleront vos idoles d'art. Je ne me vois pas me prosternant devant une assiette de Picasso. Parlez pour vous. Mais laissez les autres courir leur chance. Vous, vous en êtes déjà là et c'est tant mieux pour ne pas dire tant pis. Si j'ai bien compris, vous allez dans nos pays d'Afrique à la fois pour faire des conférences et essayer de dénicher des œuvres d'art. Écoutez : je doute que vous puissiez en trouver ici. Des pierres, vous en trouverez tant que vous voudrez, par camions entiers : le gouvernement vient de lancer l'opération dépierrage. Mais, avant de ramasser des pierres, dites : vous ne feriez pas mieux de ramasser les ossements humains ?

Le vent faillit me faire tomber de la passerelle, dès que j'y eus posé le pied. Il venait du désert, libre et sauvage. Il remplit mes bronches d'un seul coup, à éclater, de chaleur, d'oxygène et de lumière. Depuis plus de vingt-quatre heures, j'étais mort à toute sensation, sauf à celle-là : l'appel de la vie.

Lentement, tout secoué de frissons, je descendis les échelons. Et c'est alors qu'il y eut le hurlement. Le hurlement monta d'au-delà de la barrière blanche, traversa l'aire d'atterrissage et vint éclater derrière moi, comme une grenade, aux pieds du couple mixte qui empruntait la passerelle. Mais c'était comme s'il venait du fond des âges.

— Ooooohoooo ! Bou-chaïb ! Ooooohoooo ! Mon fils !

Il était effrayant à entendre : un hymne à la joie. Et celui qui le poussait était plus effrayant encore. Un vieux paysan sec et noir comme un bâton brûlé, pieds nus, tête nue, vêtu tout juste d'une chemise, crotté jusqu'aux genoux et jusqu'aux yeux couleur de poussière. Il ne chevauchait pas sa monture, il y était couché de tout son long : un petit âne qui ressemblait à son maître comme un frère, râpé, pelé, la langue et la mâchoire pendantes et les yeux exorbités, soulevant sous lui ses quatre pattes à la fois et les lançant vers les quatre points cardinaux et galopant — galopant dans le vent vers la barrière, en droite ligne, comme jamais ne l'avait fait un représentant de sa race, de mémoire d'ânier. Et le vieux paysan tapait sur l'animal, à coups de pied, à coups de poing, lui caressait le cou, lui criait des mots tendres, l'appelait bijou, bénédiction de Dieu, automobile d'enfer. Il lui promettait une ânesse, une botte de paille, des gousses de petits pois, hein ? c'est bon, les gousses de petits pois, toute sa récolte future d'orge et d'avoine, pourvu qu'il courût vite, plus vite. L'âne secouait furieusement les oreilles et semblait s'envoler. Et le vieux paysan, soudé sur sa monture, portait la main à ses yeux, en visière, ouvrait sa bouche sans dents, large et profonde comme un gouffre, et lançait son hurlement de joie :

— Ooooohoooo ! Bou-chaïb ! Ooooohoooo ! mon fils !

Nous qui étions là, dans nos vêtements de civilisés et sans doute dans nos problèmes de civilisés, passagers, policiers, douaniers, badauds, emportés par cette corrida sauvage où l'homme et l'animal étaient des êtres bruts, nous n'étions plus qu'une seule et même paire d'yeux : l'homme à la moustache mince était debout parmi nous, dans son costume de luxe qui claquait dans le vent, futur vestige de l'industrie textile. Et il ne faisait que regarder sa compagne et elle le fixait de ses yeux pleins d'effroi, comme si elle avait peur de comprendre. Sa longue chevelure couleur de bronze soulevée et tordue par le vent lui faisait une sorte de bannière. Elle essayait de la maîtriser, mais ses mains tremblaient et le vent était plus fort que n'importe quel sentiment humain. Elle dit :

— Qu'est-ce qu'il y a, chéri ?

— Si je le savais ! répondit-il sur un ton las.

Il cria :

— Mais-je-ne-sais-pas !

Elle lui donna le bras et ils reprirent leur

marche. Nous qui étions là, nous remuâmes les pieds et nous nous mîmes à les suivre. Elle dit, ce ne fut qu'un murmure, mais même dans le vacarme du vent et dans les hurlements de l'ânier, nous entendîmes ce murmure comme s'il se fût agi d'une déflagration :

— Mais je t'assure qu'il y a quelque chose, chéri. Tout le monde nous regarde.

Il cria :

— Eh bien ! c'est une sacrée habitude dans ce pays.

Et il hâta le pas, comme si le salut était dans la fuite, entraînant sa femme qui se suspendait à son bras.

Et cela fut ainsi : emporté par la vitesse, l'âne vint heurter la barrière et, à la même seconde, le vieux paysan roula à terre, se releva et prit son élan pour sauter par-dessus l'obstacle. Nous qui étions là, nous le vîmes tous et nous pouvons en témoigner : ce fut un homme décomposé par la joie qui essaya de bondir : des mains tressautantes et tendues vers celui qu'il continuait à appeler son fils d'une voix de damné, une figure menue, aussi menue que celle d'un enfant, et si ridée qu'elle en semblait couturée, une figure de chien lavée par les larmes. Quand le policier le ceintura et lui dit : « Hé ! là, grand-père, où est-ce que tu vas ? Touche pas à cette barrière », le grand-père répondit — et sa voix était aussi tressautante que ses mains :

— Mais c'est mon fils !

— D'accord, d'accord, dit le policier, c'est ton fils, je ne dis pas le contraire, mais touche pas à cette barrière.

— Oui, monsieur, dit le vieux poliment. Mais tu comprends, c'est mon fils. Il s'appelle Bouchaïb.

— Bouchaïb, fit le policier. Bouchaïb. D'accord, je ne dis pas le contraire, mais touche pas à cette barrière.

— Tu comprends, monsieur ? Cela fait cinq ans que je l'attends. C'est mon fils, mon fils Bouchaïb. C'est lui, là-bas, je serais aveugle que je le reconnaîtrais.

Et il se mit à hurler :

— Ohoooo ! Bouchaïb ! Ohoooo ! mon fils !

— Doucement, grand-père, dit le policier. Fais pas de bêtises. Je suis un être pacifique, moi. Je ne voudrais pas que tu passes la nuit au poste à ton âge. Alors tiens-toi tranquille et touche pas à cette barrière.

L'homme sembla enfin comprendre et il resta tranquille. Par-dessus l'épaule de son gardien, il se contenta d'envoyer un baiser à son fils et de lui crier :

— Je t'attends. Je suis ici. Je ne bouge pas. Tu

n'as qu'à tourner autour de la douane et tu me retrouveras ici. Je ne bougerai pas. Tu n'as qu'à leur dire que tu es mon fils et ils te feront passer le premier. Ils savent tous que je t'attends depuis longtemps.

Expliquant au policier :

— C'est mon fils. Il revient de France. Il est très instruit. Dis, monsieur, après ton service, ce soir, tu es de nos invités, n'est-ce pas ? Il y a du couscous, un veau rôti et des gâteaux au miel.

— Ce soir, tu dis ? Avec plaisir, papa. Et tu dis qu'il y a un rôti ?

— Un petit veau. Il n'est pas bien grand, mais je ne suis pas riche. J'ai tout vendu...

— Eh ! oui, ainsi va le monde. Avec plaisir, mon oncle, mais touche pas à cette barrière...

Nous n'avions pas tout à fait quitté la piste et, tandis que nous nous dirigions vers le bâtiment des douanes, j'entendis la jeune femme demander à son mari :

— Tu le connais, chéri ?

— Qui ça ?

— Mais cet homme, voyons ! On dirait que tu es aveugle.

— Quel homme ?

Il y eut un silence. Je la vis ralentir le pas, je la vis prête à s'arrêter, et nous tous qui les suivions, nous nous apprêtâmes à nous arrêter aussi.

— Je ne comprends pas l'arabe, dit-elle. Mais il me semble que cet homme t'appelle depuis un bon moment. Tout le monde s'en est aperçu, sauf toi. Tu ne vas pas me dire que ce n'est pas à toi qu'il fait des signes désespérés ?

Il se retourna et on eût dit que c'était la première fois qu'il voyait son père — la première fois de sa vie. Je le surveillais à ce moment-là et je puis témoigner que son visage était convulsé de fureur. Puis il regarda sa femme et, du coup, ce fut comme s'il la voyait pour la première fois, elle aussi. Mais son visage s'était défait, comme si tous les muscles étaient descendus vers la mâchoire. Il dit :

— Oh ! mais tu as raison ! C'est un vieux domestique.

Il ajouta précipitamment :

— Un vieux domestique qui m'a vu naître. Je t'avoue que je ne l'ai pas reconnu. Cela fait cinq ans, évidemment.

Et il envoya un petit signe amical au « vieux domestique ». Elle lui lâcha le bras et le regarda en plein visage. Elle n'avait plus rien d'une phobo-obsessionnelle. Elle ne se souciait plus de ses cheveux battus par le vent et on eût dit que nous tous qui étions là, nous valions moins qu'une bande de mouches.

— Mais lui, il t'a reconnu tout de suite, cria-t-elle sur un ton aigu. Et il est là, à pleurer, et à t'appeler par ton nom. Je ne comprends peut-être pas l'arabe, mais je n'ai pas besoin que l'on me traduise. Je sais comment se prononce ton nom.

— Que veux-tu que j'y fasse? s'écria-t-il, excédé. Que j'aille lui sauter au cou, à cet homme?

— Et pourquoi pas? S'il en avait eu la possibilité, lui, il serait venu sauter au cou de l'avion.

— Voyons, chérie, tu ne sais pas ce que tu dis...

— Je ne sais peut-être pas ce que je dis, mais je sais ce que je ressens. Et j'ai l'impression que tu me caches quelque chose.

— Voyons, chérie. Sa voix était devenue tendre. Tu ne connais rien à ce pays...

— Il semblait descendre du ciel, dit-elle avec véhémence. S'il avait eu une voiture, il aurait écrasé l'accélérateur pour arriver longtemps avant nous. Mais il n'avait que son âne et, si tu n'as pas vu galoper cet âne, c'est que tu ne voulais rien voir. Et il est venu de loin, pour toi, regarde-le, il est couvert de boue, il a eu si peur d'être en retard. Je voudrais tant ressembler à ce vieux domestique.

— Très bien! dit l'homme sur un ton las. Attends-moi ici.

Quand le vieux paysan vit approcher son fils, il

51

n'essaya pas de se libérer de l'étreinte du policier.
Il lui dit simplement :

— Tu vois, monsieur, tu vois ? Je t'ai bien dit
que c'est mon fils. Je ne t'ai pas induit en erreur.

— D'accord, grand-père, d'accord. J'en suis
tout réjoui, crois-moi. Mais touche pas à cette
barrière. Je ne veux plus te voir sauter, tu
m'entends ?

— C'est mon fils et cela fait si longtemps qu'on
est séparés. Je n'ai plus que celui-là. Je l'ai cru
perdu à tout jamais. Ohoo ! Bouchaïb ! Ohooo !
Mon fils !

— Doucement, je te dis, ne t'énerve pas. Sans
ça, je serais obligé de sévir et je n'aime pas
m'attaquer aux vieillards. Sois gentil.

— Maintenant, je peux mourir, dit le vieux. Je
ne voulais pas mourir avant qu'il revienne.

— Tu m'as l'air d'un de ces pains complets
comme on n'en fait plus, dit le policier. Mais je
t'en supplie, touche pas à cette barrière. Si jamais
elle casse, je serais obligé de t'emmener au poste
et j'aime mieux aller chez toi ce soir pour manger
ce rôti.

— Bouchaïb ! hurla le vieux paysan. Et, quand
il put enfin saisir la main de son fils et la porter à
ses lèvres, il resta longtemps là, à l'embrasser
doigt par doigt et à répéter :

— Bouchaïb, Bouchaïb, Bouchaïb.

— Doucement, disait le policier, doucement, ne t'énerve pas. Comporte-toi en philosophe. Casser les barrières et passer la nuit au poste, ce n'est plus de ton âge. Doucement, je te dis !

— Tu vas bien, mon fils ? disait le paysan. Tu manges bien ? Tu n'es pas malade ? C'est ta femme ? pourquoi n'est-elle pas venue me dire bonjour ? Oui, je comprends, elle est timide. Mais il ne faut pas qu'elle soit timide, je ferai tout pour qu'elle se sente chez elle. Dis-le-lui dans sa langue. Ta vieille maman est en train de réchauffer le couscous depuis l'aube, elle ne s'est pas couchée de la nuit. Tu la connais : elle n'en fait jamais qu'à sa tête.

Et il se mit à rire et son rire était sûrement un sanglot.

— Regagne ton village, dit Bouchaïb, et attends-moi. Je viendrai peut-être demain, peut-être après-demain. Le temps d'installer ma femme à l'hôtel. Au revoir.

J'étais tout près de la femme de Bouchaïb, à la toucher. Elle suivait intensément la scène, avec la hantise de comprendre. Un instant, je fus tenté de lui traduire en français les paroles de son beau-père et la réponse que venait de faire son mari. Mais je n'en fis rien et j'en fus moi-même soulagé. C'était à elle, par ses propres moyens, de découvrir la vérité. Je me contentai de lever la main droite et je la laissai retomber lourdement sur son épaule. Elle dut hurler, mais je n'entendis pas grand-chose parce que je riais dans le vent. Ensuite, je me mis en marche. Quand nous nous croisâmes, Bouchaïb ne m'accorda pas un regard et je ne lui dis pas un mot : je continuais de rire. Ce ne fut qu'à deux pas de la barrière que je m'arrêtai et que le rire s'arrêta, étranglé tout à coup : le vieux paysan avait lancé son gardien par-dessus son épaule, comme un sac de bûches, et il s'était mis à casser les lattes de la barrière. Il ne les cassait pas entièrement : juste les pointes. Un petit coup sec, une à une, régulièrement, posément, comme s'il avait le temps et comme s'il les comptait à mesure. Et l'une après l'autre il les jetait par-dessus son épaule : un geste lent, détaché, comme si rien n'avait d'importance à présent. Et, ce faisant, il récitait une sorte de litanie que j'eus peine à entendre, non que sa voix fût basse (elle dominait le vent), mais parce qu'il la récitait à toute vitesse :

— Au nom de Dieu clément et miséricordieux, j'ai vendu le champ de mon père, *amen.* Et celui de mon frère, *amen.* Et celui que j'ai volé au voisin, au voisin, au voisin. Les moutons, les boucs, la chèvre, les poules, le matelas, le fusil de guerre, tout vendu. *Amen,* Seigneur, que ta volonté soit faite au siècle de la science, de la décolonisation et de l'indépendance. Mandat, soixante mandats, plus les frais. Afin qu'il soit un être digne de mon indignité. Et trois de mes fils sont morts à la tâche, misère est notre misère et périssables sont nos corps, *amen*. Et maintenant, il a honte de son père. La route est longue, si longue, jusqu'au village, et je suis fatigué, si fatigué, Seigneur, et je n'ai même plus envie de mourir, je n'ai plus envie de rien. Et quand il ne subsistera plus rien, il subsistera Ta face sublime, Seigneur, *amen.*

— Et maintenant, viens avec moi, lui dit le policier. Il se relevait. Il parlait doucement, comme à un enfant malade. Il avait une humeur de dogue. « Allez, viens avec moi, viens au poste. Je te l'ai dit : il ne fallait pas toucher à cette barrière. Allez, viens, grand-père, viens. »

Alors l'âne parut, jailli personne ne sut jamais d'où. Il mâchait un brin d'herbe et, quand il l'eut dégluti, il leva sa tête de vieillard vers le ciel et il se mit à braire.

Un jeune homme long, très long, était adossé au mur, un tuyau de poêle, un tronc de bouleau. Il avait une tête en forme de fer à cheval et des bras qui lui tombaient jusqu'aux genoux. Il ne regardait rien ni personne, ne bougeait pas un muscle,

ne faisait rien que cracher. Les crachats tombaient
à ses pieds, cela formait une petite flaque et il en
semblait tout ahuri.

Quand le douanier l'appela, il resta immobile,
ne leva même pas les yeux. Il dit :

— Ho !

— Qu'est-ce que tu as comme bagnole aujour-
d'hui ?

— La Ford.

— Il y a le plein d'essence ?

— Hé ! non, dit le jeune homme en lançant un
jet de salive. Y a pas d'essence. Elle marche au
mazout. J'ai bricolé après le moteur.

— Et ça marche ?

— Je sais pas si ça marche. Le moteur tourne
depuis huit jours. Je peux pas l'arrêter.

Le douanier se tourna vers moi et me rendit
mon passeport.

— Vous feriez bien de vous dépêcher, me
conseilla-t-il. Vous avez juste le temps.

Sa petite moustache taillée à la Hitler, dans sa
face tannée et ronde, lui donnait un air rêveur. Il
avait de tout petits yeux, constamment mobiles,
brillants et noirs.

— Vous êtes bien le fils de Haj Ferdi ? Alors
suivez ce jeune homme. L'enterrement a lieu dans
une heure. C'est dans tous les journaux.

Il me serra la main à la hâte, se saisit de ma valise, me poussa dans le dos, droit vers la porte.

— Je connaissais bien votre père. Et qui donc ne l'a pas connu ? C'est grâce à lui que j'ai maintenant un uniforme par an et que je mourrai dans une tonne de graisse. Je n'ai pas pleuré quand j'ai lu le journal. Il m'a appris à ne jamais pleurer. Allez ! En route !

Il lança ma valise sur la banquette et, au moment où il refermait la portière, il eut une sorte de reniflement. Je vis sa minuscule pomme d'Adam monter et descendre.

— Je ne sais pas pourquoi vous êtes revenu, dit-il. Si c'est pour l'enterrement ou si c'est pour autre chose. Si c'est juste pour l'enterrement ou si c'est pour quelque chose d'autre. Mais, si jamais l'avenir est bloqué devant vous avec des blocs de ciment, venez me voir. Rappelez-vous : je suis gras maintenant et je sais me souvenir. Salut ! Toutes mes condoléances.

Il disparut. Il était là, les mains sur la glace à moitié relevée et, l'instant d'après, il avait disparu. Dans un rugissement de turboréacteur la voiture venait de bondir et, à partir de ce moment-là, rien ni personne ne put l'arrêter.

Debout au milieu de la foule, j'écoutais décroître le rugissement. Quand je n'entendis plus que la rumeur de la rue, je sus que le bolide était à l'autre bout de la ville.

J'avais voulu payer le chauffeur et il cracha sur le pare-brise. Ensuite, il retroussa les lèvres et tapota de l'index la plaque d'identité vissée sur le tableau de bord.

— Tu sais lire ?

Je lus :

SOCIÉTÉ HAJ FERDI

TAXIS ET TRANSPORTS

CASABLANCA

Je reconnais le square de mon enfance, mais il n'y a plus un seul arbre. Seules, en ont subsisté les grilles et c'est presque un symbole. Je reconnais la forteresse où j'ai vécu pendant vingt ans, la demeure en béton que j'ai cru engloutie avec la précipitation des événements et de l'Histoire. Écoutez : le perron que j'ai descendu jadis, tête la première, est à peine éraflé par le temps et par l'érosion des hommes. La foule est là, hurlante, gesticulante et innombrable et, d'un seul coup, toutes les portes de mon passé se sont rouvertes. Écoutez : tandis que je gravis le perron, un mendiant se suspend à mon bras, à qui j'ai sans doute fait l'aumône quand je n'étais qu'un enfant.

58

Il appelle sur ma tête la bénédiction du ciel et chasse la nuée de gosses de tout sexe qui dansent autour de moi et chantent leur faim — et je retrouve l'odorat de mon enfance, l'ouïe et la vue de mon enfance, et c'est comme si je rentrais de l'école, vêtu de culottes courtes et portant sous le bras un cartable lourd de livres qui parlent de civilisation. Écoutez : cette porte cloutée de cuivre, je me souviens de chacun de ses clous. J'en connais encore la configuration et le nombre. Je suis allé très loin, là-bas, sous les climats de frimas, comme un oiseau chassé par la tribu, et le pont que j'ai voulu établir entre cette porte et le canapé où j'ai laissé mes deux enfants n'est somme toute qu'un vol d'oiseau, sans trace dans le temps ni dans l'espace.

Et j'ai soulevé le lourd marteau de cuivre et je me suis préparé à le laisser retomber de tout son poids. C'est alors que je l'ai entendu m'appeler par mon nom.

— Driss Ferdi ?

C'était un petit télégraphiste juché sur un vélo immense. Ses yeux riaient. Sans attendre ma réponse, il me tendit un télégramme, toucha sa casquette et traversa la foule.

Je décachetai le télégramme. Je n'avais pas de prémonition, aucune appréhension.

Te souhaitons la bienvenue. HAJ FERDI.

3.

La porte s'ouvrit et un géant des cavernes s'encadra dans l'embrasure.

La porte fut comme arrachée, comme engloutie dans une trappe (le mendiant, les gosses s'étaient enfuis à toutes jambes), et il fut là : deux mètres de haut, deux cents livres de muscles dégoulinants de sueur et parcourus de bosses saccadées, nu jusqu'à la ceinture, un œil grand ouvert et comme vitrifié, l'autre réduit à une fente et, sur sa figure, son torse, sur ses épaules et ses bras, une seule et même toison, bouclée et noire. Il ne dit rien, se contenta de me regarder, suant et soufflant, tandis que ses mains s'ouvraient et se refermaient sur le montant de la porte — des mains larges et rouges de sang.

Et cela fut ainsi : il frotta ses deux poings l'un contre l'autre, plusieurs fois de suite, les renifla l'un après l'autre, à petits coups, et au moment où il allait les lancer et me frapper n'importe où, il vit le télégramme.

L'œil qui était ouvert se ferma brusquement et celui qui était presque clos s'agrandit peu à peu, noir et atone, avec des veinules dans la cornée, couleur lie de vin. Longtemps il considéra le télégramme, puis ses muscles se détendirent et il cessa de souffler.

— Monsieur le facteur, dit-i!. Sa voix était rauque, basse, à peine perceptible. Et il parlait sur un ton de prière. Sa colère était d'autant plus forte qu'il la muselait. Monsieur le facteur, s'il te plaît, ne cogne plus jamais à cette porte comme tu viens de le faire inconsidérément. Tu es nouveau peut-être, tu ne connais pas mes habitudes, tu es jeune et, à vue d'œil, je te donne encore vingt, trente ans à vivre. Mais écoute-moi : laisse le marteau tranquille et ne frappe plus comme un sourd. Tu comprends ? Tes oreilles sont bien débouchées ?

Il replia l'index et heurta légèrement le mur.

— Tu fais comme ça. Juste comme ça. Ça suffit. Tu comprends, monsieur le facteur ? Tu as bien compris ?

Et, comme je ne répondais pas, il se baissa à mon niveau et me hurla en plein visage :

— Tu as compris ?

— Oui, monsieur.

62

— Tu frappes doucement à la porte, juste comme je t'ai montré. Répète.

— Je frappe doucement.

Il me saisit soudain par les épaules et je ne fis pas un mouvement pour échapper à ses mains pleines de sang.

— Et dis-moi : tu ne pouvais pas venir à un autre moment ?

— Non, monsieur. Je viens d'arriver.

— Hier, ça pouvait aller. La semaine dernière, le mois dernier, l'année prochaine, n'importe quel jour sauf aujourd'hui. Je t'aurais même payé à boire. Mais aujourd'hui (et sa voix devint encore plus rauque et plus basse, et je vis les larmes noyer ses yeux), aujourd'hui, je peux te réduire en viande hachée, monsieur le facteur. J'aime beaucoup la viande hachée de chrétien. Je peux écraser un camion, pièces détachées et tout. Et, jusqu'à ce que le mort soit enterré et s'habitue à sa maison dans le cimetière, Dieu ait son âme ! fais comme je t'ai dit. Tu viens sur la pointe des pieds et tu frappes doucement, tout doucement. Les morts n'entendent plus rien, mais moi qui ne suis pas encore mort, je pourrais t'entendre, et alors je ne te donne ni vingt, ni trente ans à vivre. Tu m'as bien compris ?

— Oui, monsieur.

— Alors, donne vite ce télégramme et file !

63

Je le lui donnai. Ses lèvres se mirent à remuer en silence, formant péniblement les syllabes. Je savais qu'il avait peine, non seulement à comprendre, mais à lire. Je savais aussi que, lorsqu'il arriverait à comprendre, il aurait *d'abord* des réactions d'homme des cavernes. C'est pourquoi, ayant ramassé ma valise, je gravis la dernière marche du perron. J'ôtai mes lunettes noires à l'instant précis où il levait le bras.

— Nagib, dis-je. Tu n'es pas un vrai frère. Pourquoi me traites-tu de chrétien ? Et pourquoi m'appelles-tu monsieur le facteur ? Ai-je donc tellement changé ?

Il resta là, immobile, comme vidé de tout influx. Puis sa bouche s'ouvrit démesurément dans un cri de fauve blessé à mort :

— Driss !

Il a lancé l'un de ses battoirs qui lui servaient de mains et nous nous sommes retrouvés sur son dos, moi et ma valise, brimballants comme des objets inanimés et comme l'eût sans doute été Bouchaïb sur l'âne de son père s'il n'avait pas eu le malheur d'avoir été formé en Occident.

Le couloir oblong, frais et sombre, il l'a enfilé au pas de charge — faïence indigo et sienne des murs, sol mosaïqué et plafond sculpté sur bois de teck. Tout au bout, il y avait une porte. D'un coup de genou, il l'a poussée et j'ai reçu d'en haut le ciel et la lumière. La vasque viride et son jet murmurant, le bananier vétuste et couleur de rouille, le patio baignant dans une mare de sang, les mouches bleues tournoyant par bandes épaisses, le cadavre du mouton qu'on venait d'assassiner, ventre ouvert par où sortaient les entrailles fumantes par paquets, et qui pendait par les tendons au bout d'une corde qui semblait descendre droit du ciel, le canari apeuré dans sa cage en osier, le brasero d'argile bourré de braises, prêt à rôtir les premières brochettes d'abats mais qui, pour l'heure, servait d'encensoir, santal, aloès, plantes qu'on brûle lors des funérailles, le soufflet accroché à un clou, le seau en caoutchouc où la tête du bovidé montrait les dents, et tout autour du patio, assis en fer à cheval face au ruminant et sans doute face à l'Est, sur des matelas de brocart, des coussins de velours, des sofas, deux à trois douzaines d'adultes haillonneux et graves et pleins d'appétit devant la mort, ânonnant en chœur des versets coraniques — tout cela, cheptel vif et mort, odeurs et couleurs et sons, j'en ai eu une giclée brutale et indélébile, le temps d'ouvrir et de refermer les yeux, le temps que prit Nagib pour atteindre l'escalier de marbre.

Tout en haut des marches, un jeune homme se

tenait debout, petit, maigre et fin. Les mains dans les poches de son pantalon exactement aussi raides que des truelles, il nous regardait monter. Ce n'est qu'à mi-chemin que j'ai pu me rendre compte qu'il était encore vivant. Il ne voyait rien ni personne. Immobile, il nous regardait monter comme s'il regardait à travers nos corps, et il pleurait sans bouger une seule fibre. Deux yeux immenses et noirs, d'où tombait goutte à goutte on eût dit l'eau de deux robinets mal fermés. Quand Nagib l'appela par son nom : « Jaad », quand il lui cria : « C'est notre frère Driss », Jaad continua de pleurer. Quand Nagib répéta : « Je te dis que c'est Driss ! », il continua de pleurer dans son coin, rigide. Il dit :

— Driss.

Peut-être me reconnut-il. Peut-être aussi mon retour n'avait-il pour lui nulle importance à présent. Il dit : « Driss » comme il eût dit : « D'accord », et il continua de pleurer.

Encensoirs en cuivre rouge fumant par tous leurs trous, plateaux d'argent avec des théières et des boîtes ciselées et des verres par douzaines, bleus et violets, tapis épais aux dessins pastoraux, dorures des portes et des fenêtres et tentures de soie, plafond incurvé d'où tombaient les trente-six ampoules toutes allumées des trois lustres en cristal, alcôve nue dans l'angle droit avec tout

66

juste un tapis de prières et un livre ouvert sur ce tapis, et des visages inconnus, multiples et inter-changeables d'hommes et de femmes qui nous considéraient sans aucune expression. Ma valise tomba dans un silence de stupeur. Et, même quand Nagib d'un coup de reins m'eut laissé choir à mon tour, pas un de ces adultes n'ouvrit la bouche. Seule, une vieille femme cessa d'égrener son chapelet et leva la tête, une tête si minuscule qu'elle eût pu aisément tenir dans ma main. Elle nous regarda tour à tour, Nagib et moi, d'abord lentement, comme si elle avait tout son temps, comme si elle émergeait d'un très long rêve plein de brume et de brouillard. Puis ses yeux acquirent une sorte de mouvement saccadé, de plus en plus mobiles et affolés. Le chapelet glissa sur ses genoux sans qu'elle s'en aperçût. Et, sans qu'elle en eût conscience, elle se leva et vint vers nous. Nous étions à environ un mètre l'un de l'autre, mon frère et moi, et elle venait vers nous en droite ligne, à tout petits pas hésitants de somnambule, avec ses yeux affolés dans leurs orbites profondes, petite, maigre et presque sans consistance, droit vers la valise qui nous séparait. Et, quand elle buta sur cette valise, elle s'arrêta, regardant Nagib et frissonnant, le regardant avec une intense angoisse.

Il y eut un seul et même geste, un seul et même

cri : Nagib hocha la tête et elle fut instantanément dans mes bras et j'entendis à la même fraction de seconde son sanglot et le rire homérique de mon frère. Je dus me baisser pour l'étreindre et ce fut un volatile de basse-cour, fiévreux et secoué de soubresauts, que j'étreignis. Son visage n'avait pas une seule ride. Elle le levait vers moi et, s'il m'avait été donné de voir à cet instant-là une scène de torture, je l'eusse supportée sans faiblir, probablement. Toute chair en était absente, la peau avait rétréci et avait pris les dimensions et le moule des os, une peau crayeuse et desséchée — mais ce n'était pas cela qui me faisait mal et honte. C'étaient ses yeux : des yeux sans cils, aux paupières aussi minces qu'une feuille à cigarette, lointains et rêveurs. J'ai connu cette femme-là, pendant des années espiègle et vive en dépit de n'importe quelle souffrance, et, pendant des années, là-bas, franchi l'espace, ses yeux d'enfant m'ont suivi partout, jusque dans mes rêves. Et elle était là, franchis l'espace et le temps, pas plus haute qu'une chaise, et ses yeux étaient levés vers moi, comme anesthésiés.

— Et voilà ! disait Nagib avec une voix de crieur public, à l'autre bout de la salle. Et voilà ! J'étais en bas, en train de dépecer le mouton, pour les pauvres qui ont faim, et pour que Dieu repose l'âme du mort et nous pardonne à tous. *Amen !*

68

Tout à coup, j'entends frapper à la porte. J'ouvre et qui c'est que je vois ? Lui, Driss, ma parole ! Il me dit : « C'est vous, monsieur Nagib Ferdi ? Je suis le nouveau facteur. » Farceur, je lui réponds, sacré vieux farceur ! Je vous l'attrape comme un sac de pommes de terre et je le monte ici le temps de vider une carafe de lait. Des fois qu'il aurait changé d'avis et qu'il serait allé au pôle Nord ! Avec lui, on ne sait jamais.

— C'est vrai ? murmurait ma mère. C'est bien vrai ? C'est toi, Driss ?

Je n'ai jamais su répondre. J'ai embrassé ses mains, son front, ses cheveux.

— Avec ce bourricot, on ne sait jamais, répéta Nagib. Haha ! On l'a mis à l'école et il y est resté dix ans. Dix ans, vous m'entendez ? Pour un peu, il y aurait couché. Et un beau jour, le voilà parti, loin de son père, de sa mère, de ses frères. Il n'avait même pas son permis de conduire. J'étais encore en culottes courtes et je mangeais des bananes, mais je m'en souviens très bien. Le temps d'embrayer et de passer les vitesses, il était déjà loin. Haha ! Et alors qu'on le croyait mort, le voilà qui revient, aussi maigre qu'une queue de vache, avec une toute petite valise où je pourrais ranger mes sandwiches, et des lunettes noires de pacha. Et vous ne savez pas ce qu'il me dit ? Il me dit : « Monsieur Nagib Ferdi, j'ai un télégramme pour vous. » Hahaha !

L'encensoir, il l'a saisi à pleines mains. Il l'a décapuchonné et, avant que j'eusse pu comprendre, sinon agir, le télégramme était devenu une torche avec laquelle il alluma un gros cigare jailli soudain entre ses dents. Ce qui restait du message de mon père, il l'a broyé dans une main, cendres et flamme, tandis que de l'autre il faisait décrire à l'encensoir un moulinet frénétique.

— C'est vrai ? disait ma mère. Bien vrai ?

Je n'ai jamais su répondre. J'ai embrassé ses tempes, ses joues, ses cheveux. J'aurais bien voulu être au pôle Nord.

— Je l'ai saisi comme ça, reprit Nagib, je l'ai fait tournoyer comme ça et je lui ai dit : « Monte, mon frère, monte ! » Parce qu'avec lui on ne sait jamais. Vous, vous partez en voyage et vous revenez avant qu'une pomme ne soit devenue du cidre. Les montagnes, la mer, le désert vous ont arrêtés. Mais lui, rien ne l'arrête. Il est capable de partir beaucoup plus loin que vous ne pourriez l'imaginer à vous tous, là où il n'y a même pas la poste. La preuve, c'est que je lui ai écrit trois fois. Je veux dire que je lui ai fait écrire, parce que je ne sais pas causer à un crayon. Pas de réponse. Et tout le monde lui a écrit, mais il n'y a jamais eu de réponse. Il n'a pas de cœur, quoi !

— Qui a dit ça ? demanda ma mère. Elle s'était dégagée de mes bras et lui faisait face. Sa voix était incisive. « Qui a dit ça ? »

Nagib posa l'encensoir sur le tapis et resta là, tirant de grosses bouffées de son cigare et se balançant d'un pied sur l'autre.

— Et alors, fit-il, c'est pas toi qui disais tout le temps qu'il n'avait pas de cœur ?

Elle marcha sur lui, petite, maigre, desséchée, il aurait pu la renverser d'un seul doigt, mais il recula jusqu'au mur.

— Ce n'est pas toi qui l'as porté dans ton ventre pendant neuf mois, cria-t-elle. Ce n'est pas toi qui as enfanté six enfants, tout grand gaillard que tu es. Et jette-moi tout de suite ce morceau de corde que tu fumes.

— Oh ! bien, dit-il, très bien, très très bien. Je m'en vais découper ce salaud de mouton.

— Tu vas aller chauffer une bouilloire et l'apporter ici pour le thé. Et tu amèneras aussi les biscuits et les gâteaux au miel. Et, quand tu reviendras, j'aimerais que tu sois présentable. On ne reçoit pas son frère avec une peau de bête sur le dos.

— Bien. Très bien. Très très bien.

Elle le suivit des yeux jusqu'à ce qu'il eût quitté la salle. Et, même alors, elle sortit à son tour et je la vis qui gesticulait, comme si elle chassait une

bande de vauriens à coups de balai. Quand elle se
retourna et me prit par le bras, elle avait son air
des grands jours que j'avais connu jadis, lors des
réceptions et des fêtes religieuses. Mais, moi qui
la retrouvais avec mes yeux de jadis, je savais que
quelque chose était mort en elle.

Et elle me présenta. A mon oncle paternel, à
mon oncle maternel, à mon oncle par alliance, à
mon oncle au cinquième degré, à toutes mes
tantes, aux cousins sans nombre ni grade, aux
beaux-pères et frères, belles-sœurs et mères, à
tous ceux qui étaient censés être ma famille et qui
étaient tous là, vivants et bien vivants, que je
n'avais jamais vus et qui, l'air revêches mais très
polis, me dévisagèrent, d'abord l'un après l'autre,
puis tous ensemble, en demi-cercle au centre
duquel nous finîmes par nous asseoir, ma mère et
moi. Et elle continuait de dévider le chapelet des
souvenirs, riant et battant parfois des mains à
l'évocation d'un de ces petits moments d'un passé
que, seul, je croyais révolu, et parfois s'interrom-
pant et me faisant des remarques que j'avais peine
à assimiler parce que, même aujourd'hui, je reste
certain qu'elle ne s'adressait pas à moi, mais à un
enfant qu'elle avait imaginé et uniquement imaginé. Et elle prenait délicatement, entre le pouce
et l'index, un biscuit, un verre de thé, et en faisait
offrande à l'un quelconque de mes innombrables

parents. (Nagib était revenu et reparti trois fois et, à chacune de ses apparitions, il avait sur les bras tout un service de salon de thé et, sur le dos, un nouveau vêtement : ce fut d'abord une chemise et, pour finir, un pardessus.)

Et, moi qui étais là, qui l'écoutais et la voyais, je ne comprenais plus rien. Elle était si animée, si joyeuse que je me demandais si son époux était réellement mort. Il y avait eu le télégramme qui me souhaitait la bienvenue et qui était signé du nom de mon père : ce n'était sans doute qu'une plaisanterie macabre. Il y avait tous ces mendiants au rez-de-chaussée, qui attendaient leur portion de viande et qui trompaient leur faim en chantant des versets de Coran. Il y avait Jaad, debout en haut des marches et qui pleurait, solitaire. Il y avait Nagib et, lorsqu'il m'avait ouvert, j'aurais juré qu'il pleurait, lui aussi. Il y avait tous ces gens qui buvaient leur thé à la menthe à toutes petites gorgées comme il se devait entre gens bien élevés, et qui croquaient goulûment leurs gâteaux. Quelque chose était orchestré, et bien orchestré : des funérailles pouvaient fort bien ressembler à une fête en l'honneur du fils prodigue. Et il y avait ma mère, devisant, toute à sa joie d'avoir son fils prodigue auprès d'elle, presque sur ses genoux, et trois à quatre douzaines de témoins à qui communiquer sa joie. S'il y avait un mort dans cette demeure, il était mort depuis longtemps.

Et voici : un adulte fit irruption dans la salle, un agent de police vêtu de kaki, avec une casquette blanche et son bâton blanc. La casquette était rejetée sur sa nuque et le bâton était accroché à sa ceinture. Presque aussi grand que Nagib, mais on eût dit sa projection dans un miroir convexe. Frénétique et famélique. Des deux mains, il tenait sa mitraillette. Il la serrait si fort que les tendons de ses doigts en étaient blancs.

Voici exactement ce qu'il fit et dit : il nous visa l'un après l'autre, avec une vélocité de turbine. Personne ne fit un geste, ni dit mot. Puis il mit l'arme sur l'épaule et cria :

— Présentez ! Armes !

Il répéta :

— Armes !

Il cria :

— Demi-tour ! Droite !

Répétant :

— Droite !

Et se mit en mouvement, scandant :

— Une-deux ! Une-deux ! Une-deux !

Quand il arriva au mur, tout près de l'alcôve réservée aux prières, il parut indécis, sa voix en

74

baissa même d'un demi-ton. Mais il lança un ordre :

— Fixe !

Et il s'immobilisa en répétant : « Fixe ! » Et ce fut le demi-tour gauche, scandé à tue-tête de ses : « Une-deux ! Une-deux ! »

Vêtu de son pardessus d'hiver, Nagib fit une quatrième apparition. Il s'approcha de l'agent et le toucha légèrement à l'épaule.

— Et alors, mon frère ?

— Hein ? fit l'agent.

Il n'y eut pas de mêlée, pas de lutte, pas un seul cri. La mitraillette claqua plusieurs fois, maniée par un fou furieux, déplâtrant les murs, brisant les fenêtres et les lustres, avant d'être réduite en deux tronçons.

— Et alors, mon frère ? répéta Nagib. Ses dents étaient découvertes jusqu'aux molaires et il soufflait comme un taureau dans l'arène. Tu n'as pas encore compris qu'il faut te mettre en civil avant d'entrer ici ? Et sans armes ?

Il lança à la volée les deux tronçons d'arme, dehors. Et il arracha la casquette de l'agent qu'il se mit à agiter sous son nez, à la manière d'un éventail.

— Personne n'est mort là-dedans ? demanda-t-il.

Personne d'entre nous ne fit un geste, ne dit mot.

— Et alors, mon frère ? répéta-t-il. Finalement, tu as reçu mon télégramme ? Ou bien tu as lu le journal comme tout le monde ?

Tombé assis, la tête entre les mains, celui qu'il appelait son frère le regardait avec un visage de bois.

— Voilà ce que c'est d'être un flic, dit Nagib, en posant la casquette sur le sommet de son crâne. On quitte son père et sa mère, sans parler des frères. On veut gagner son mandat à la fin du mois. Et vas-y donc ! On a un bel uniforme, une bicyclette et, ma parole ! une mitraillette qui explose toute seule ! Et vas-y donc ! Un jour on est en tournée au pôle Sud et le lendemain au pôle Nord. C'est pas ça, mon frère ?

Celui qu'il appelait son frère le regardait toujours et tout dans son visage semblait paralysé.

— Et alors, reprit Nagib, quand le père meurt, on téléphone au commissariat et même au Central. On dit : « Allô-allô ! monsieur le commissaire, je voudrais parler à mon frère Abdel Krim Ferdi. Notre père est décédé. Dé-cé-dé. » Et on me répond : « Quel matricule ? »

Il ôta la casquette et il se mit à la déchirer. Il put en arracher la visière mais le reste était trop dur. En conséquence, il le déchiqueta à coups de dents, posément. Le dernier morceau, il le cracha, tfff!, avec rage. Avant de se lever et de reculer de deux pas.

— Driss, conclut-il, je te présente mon frère Abdel Krim. Abdel Krim, je te présente mon frère Driss. Mais c'est pas la peine que je vous présente. Depuis le temps que vous voyagez, vous avez dû sûrement vous rencontrer quelque part. Après tout, le pôle Nord n'est pas si grand.

Il arrangea son nœud de cravate, arrangea les revers de son pardessus et, se tournant vers ma mère :

— Et maintenant, demanda-t-il, est-ce que je peux descendre découper ce corniaud de mouton ?

— Non, dit-elle. Sa voix fut d'abord basse, calme, puis elle devint aiguë. « Non, non, non ! Tu vas ôter ce manteau, tu vas te laver les mains et tu ouvriras la porte d'entrée. C'est le moment. »

Il s'en alla d'un pas lourd. Je pris la main de ma mère et je la serrai de toutes mes forces. J'évitais soigneusement ses yeux.

— C'est le moment, répéta-t-elle sur un ton de plus en plus imperceptible. C'est le moment, le moment.

De toutes mes forces, je serrais sa main tandis qu'elle se levait, que je me levais moi aussi, que tout le monde se mettait debout et entonnait le Cantique des Morts. Au passage, je pris la main d'Abdel Krim et je l'entraînai à ma suite comme un assemblage de planches. Lui aussi, j'évitais de le regarder. Je n'ai jamais su rien dire à ceux qui souffrent.

Ce qui s'est appelé mon bureau, il y a de cela une vie, est maintenant une cellule sombre, avec des barreaux aux fenêtres. Il y a là un cierge allumé, fiché dans une bouteille, au chevet d'un lit de camp. Couché sur ce lit, le Seigneur me regarde avec ses yeux vitrifiés. Ses lèvres sont légèrement entrouvertes et ses dents en or brillent chaque fois que la flamme du cierge bouge. Hormis le lit, la pièce est nue. Tout juste une natte sur laquelle une forme est tapie, enfouie sous une couverture grise. La forme sursaute d'espace en espace et je suis allé la découvrir.

Un homme m'a regardé longtemps en silence. Il avait les yeux rouges.

— Madini, dis-je. Mon frère.

Il a porté un doigt à ses lèvres et il a chuchoté :

— Va lui fermer les yeux. C'est sa dernière volonté.

4.

Le vent avait tourné et c'était maintenant une brise marine, chargée de fraîcheur et de douceur, poussant devant elle un vol de nuages cuivrés. Je ne saurais dire s'il s'agissait d'un if ou d'un cyprès, s'il était jeune ou vieux, mais il y avait là un arbre que la poussière des tombes avait rendu couleur de mort et de temps. Quelque part dans cet arbre, un oiseau chantait — un serin. Hormis ses trilles, on n'entendait rien — rien que la pioche mordant dans la roche.

Ceux qui étaient assis, ceux qui avaient pu s'asseoir sur les dalles des tombeaux, sur les murs, en grappes dans les allées, étaient sans doute venus dès l'aube. Quand le cortège franchit les grilles du cimetière, ils étaient déjà là, les bras sur les genoux et les yeux éteints, comme s'ils n'avaient pas d'autre demeure sur terre. Le seul espace libre était l'allée centrale et, quand nous fûmes parvenus à hauteur du fossoyeur, quand il

79

eut dit : « Au nom de Dieu suprême ! », quand il eut craché dans ses mains et levé sa pioche pour creuser son trou devant nous tous, quand, arc-bouté sur ses jambes, Nagib eut déposé son fardeau (il l'avait porté seul, en travers sur ses épaules, et il ne fût venu à personne l'idée de lui proposer de l'aide), quand il se fut redressé ruisseaux coulant de ses aisselles, de son torse, de son crâne — je me retournai et vis : l'allée n'avait jamais existé et quelqu'un avait fermé les grilles où se suspendaient des gnomes.

Tant que le fossoyeur creusa et pelleta, l'oiseau chanta. Et, quand la tombe fut longue et pro-fonde, quand l'homme qui venait de la creuser en jaillit couleur de terre et, lançant ses outils à la volée, prononça d'une voix grave : « Misère est notre misère et périssables sont nos corps ! », l'oiseau se tut. Ce fut comme s'il s'était envolé vers un autre cimetière : un raz de marée de voix répéta :

— Misère est notre misère et périssables sont nos corps.

Alors un homme se leva. Il était assis devant moi, les mains sur le brancard à ridelles où était étendu mon père. Il se leva, de taille moyenne, les traits quelconques, vêtu d'une blouse grise et chaussé de sandales. Et il chanta.

Ce qu'il chanta n'avait aucune importance. Ce

n'étaient pas des mots, un sens, ni même un symbole qui nous faisaient vibrer, hommes, femmes et enfants qui étions là et qui avions oublié pourquoi nous étions là à l'instant même où il avait ouvert la bouche. C'était l'incantatoire, c'était la fin de nos maux et de nos pauvres petits problèmes, la nostalgie douloureuse et sereine à la fois de cette autre vie qui était la nôtre et vers laquelle nous étions destinés à retourner tous, vainqueurs et vaincus, accomplis ou à l'état larvaire, fidèles et athées, de par la Toute-Miséricorde de Dieu. C'était cela qu'il y avait dans la voix de cet homme qui chantait debout dans le soleil et nous étions dans sa voix, j'étais dans sa voix en dépit de l'immense héritage d'incrédulité que j'avais reçu de l'Occident. Quand il arrivait à la fin d'un verset, il marquait une pause — et cela était ainsi : une explosion de ferveur. Et, tant qu'il chantait, c'était ainsi : un désert où un homme chantait sa foi. Et la voix modulait, montait, changeait de registre, devenait tragique, devenait un élan, puis tombait sur nos têtes comme un vol de mouette, légère et paisible, presque un souffle. Et cela était ainsi : jamais, jamais plus je n'irai à la recherche de cerveaux, de vérités écrites, de vérités synthétiques, d'assemblages d'idées hybrides qui n'étaient rien que des idées. Jamais plus je ne parcourrai le monde à la poursuite d'une ombre de justice, d'équité, de progrès ou de programmes propres à modifier l'homme. J'étais fatigué et je retournais à ma tribu. Cet homme qui n'était même pas conscient de sa voix, de sa foi, était vivant et possédait le don de la vie — un homme qui n'eût même pas été épicier dans ce monde de puits de science et de civilisation. La paix, la vérité de toujours étaient en lui, dans sa voix — alors que tout croulait autour de lui et sur les continents.

Il se tut et se rassit dans un déluge. Les nuages que chassait la brise s'étaient immobilisés au-dessus du cimetière, grossis, gris et bas, juste sur la cime de l'arbre où avait chanté l'oiseau, et ils se liquéfiaient en pluie d'équinoxe sur nos têtes découvertes, depuis un moment déjà, sans que je m'en fusse aperçu. Et pas un d'entre nous ne bougea. Longtemps après que l'homme se fut rassis, nous restâmes tous là : l'eau tombait du ciel et nous la laissions tomber.

Ce fut Nagib qui descendit le cadavre dans la tombe. Il y sauta à pieds joints et, étendant les bras, il le tira soudain vers lui. Quelqu'un voulut l'aider et Nagib montra les dents. J'entendis une plainte et je sus que ma mère venait de s'évanouir. Alors Madini s'avança et me prit par la main. Il marchait le dos voûté et la tête pendante. Quand nous fûmes au bord du trou béant, quand Nagib en remonta et hocha la tête, Madini alla ramasser la pelle du fossoyeur et me la tendit.

— C'est encore sa dernière volonté, murmura-t-il.

Je pris la pelle et je la considérai. Elle était large, avec un manche très court. De celles qu'il utilisait pour le forage de ses puits, tout seul, muni d'un pic, d'un seau et d'une échelle en cordes. Il n'en creusait pas partout, là où il aurait eu plus de chances de tomber à peu de peine sur une nappe d'eau. Il disait : « Parfois, Dieu fait tomber l'eau du ciel — et quelques idées. Et on attend que tout cela germe. C'est cela la déchéance des individus et des peuples. » Debout sur un monticule, il promenait lentement son regard du couchant au couchant, et il disait : « Là, là et là-bas. » Il prenait ses outils et s'en allait creuser des jours et des semaines, dans l'argile, dans la pierraille, dans le roc. Et il n'abandonnait jamais. Je ne l'ai jamais vu abandonner quoi que ce fût. C'était cela sa force, la source de son autorité. Quand je voyais sa tête disparaître dans le puits, je ne savais jamais quand elle en émergerait de nouveau. C'était à la recherche d'eau qu'il descendait, « la source de la vie », disait-il — cette eau qui tombait maintenant en cataracte et coulait jusque dans mes souliers.

Moi aussi, je crachai dans mes mains avant de lever la pelle. Je le fis avec rage, comme si je crachais sur toute ma vie de paria. Et ce fut avec rage que je la remplis de terre et que je me mis à combler la fosse. Je plantais la pelle dans le monticule de terre et de gravats et je la vidais dans le trou, dénué de tout sentiment sauf la rage, mécanique et méthodique, avec une sorte d'acharnement tranquille : une-deux ! une-deux ! une-deux !...

La foule était partie, même les mendiants sans nombre s'étaient résignés à partir, eux aussi, lestés de plats et d'oboles, de dattes et de figues. Et nous n'étions plus que deux, assis près de la tombe toute fraîche, regardant le soleil tomber dans la mer. La terre avait depuis longtemps bu la pluie, et c'était comme s'il n'avait pas plu du tout. Il montait du cimetière une odeur de chaux éteinte.

Quand le soleil fut englouti, quand il n'y eut plus à l'horizon qu'un sillon d'émeraudes, de rubis et d'opales, Madini poussa un soupir et dit :

— Les morts sont morts, Driss. Et, ceux-là, personne ne songe à les interroger. Ils sont morts, tu comprends ?

Il se tourna vers moi avec des yeux de chien battu.

— Mais il y a ceux qui restent, reprit-il, ceux qui sont encore vivants et qu'on peut interroger. Explique-moi, Driss. Je voudrais savoir pourquoi tous ces gens qui étaient là tout à l'heure et qui savent ce qu'est la souffrance humaine, je voudrais juste savoir pourquoi ils deviennent des animaux. Si tu m'expliquais cela, je te jure que je me coucherais ici et que je n'en bougerais plus jusqu'à ce que je devienne un squelette.

Il saisit mon bras à deux mains et il se mit à le secouer comme un levier de pompe.

— Je voudrais comprendre, comprendre, comprendre pourquoi ces gens, il n'y a pas si longtemps, ont attrapé un vieux Juif dans la rue, un pauvre type qui passait par là, l'ont arrosé d'essence et l'ont brûlé vif. Tu comprends, Driss ? Ce ne sont pas les conseils de mon père que j'ai dans la tête, c'est le cri atroce de ce Juif. Dis, mon frère, toi qui es instruit, toi qui as lu beaucoup de livres, tu peux m'expliquer, dis ?

Je n'ai jamais su répondre. Je suis resté là, à regarder ses yeux suppliants. Non, je n'étais pas revenu dans mon pays pour assister à l'enterrement de mon père — les morts sont bien morts, — ni même pour recueillir ma part d'héritage. Mais pour me rendre compte après une si longue

85

absence. La nuit tomba d'un seul coup. Je me suis levé et je lui ai dit :

— Allons ! viens, on va rentrer.

C'est tout ce que j'ai trouvé à répondre. C'était peut-être fortuit, mais je ne pouvais m'empêcher de penser que quelque chose était orchestré, et bien orchestré. En me posant sa question, juste à ce moment-là, brusquement il venait de détruire ma paix et de me replonger dans le monde des hommes.

DEUXIÈME PARTIE

Le conférencier marqua une pause et reprit :

— *Donc l'Occident a perdu sa tradition philosophique. La philosophie et la vérité des philosophes ne se situent plus, n'est-ce pas ? hors de la « caverne » parabolique de Platon, mais bien plutôt et désormais à l'intérieur de cette caverne et dans le monde commun à tous. Nous avons vu que le saut kierkegaardien du doute dans la foi a été un renversement total et une distorsion de la relation traditionnelle entre raison et foi. Le combat entre le doute et la foi n'est plus désormais une discussion ou même un combat entre croyants et incroyants, il se situe, n'est-ce pas ? dans l'âme même de chaque individu. Et, en sautant de la philosophie traditionnelle dans la politique, Marx a transporté la dialectique dans l'action même.*

« Vous vous demandez peut-être, vous, gens d'Afrique et d'ailleurs, comment les Occidentaux en sont arrivés là ? Comment ils ont pu, au terme d'un

89

aboutissement d'humanismes divers et de traditions philosophiques, produire des régimes totalitaires et sanguinaires, où ressortent et dominent les pires instincts ? Comment nous-mêmes qu'on appelle le monde libre, nous avons pu, apparemment, renier notre passé et nous comporter, tout démocrates que nous soyons, en une foule de petits Hitler ? Et comment nous en sommes réduits, tous tant que nous sommes, à mener un combat douteux et pas très propre, pour notre simple survie ? Mais la réponse est claire, n'est-ce pas ? Nous vivons à présent à l'intérieur de notre caverne, où les fondements mêmes de notre tradition philosophique, de notre morale et de notre foi sont dans les ténèbres, sinon détruites...

. . . .

« Reste à l'Occidental que je suis une planche de salut. La coopération culturelle et l'art. L'art, n'est-ce pas ? dépasse l'homme et sa condition d'homme... »

5.

NAGIB

Dix jours se sont écoulés et la vie a repris. Maintenant, de chambre en chambre, furtives, des ombres circulent et chuchotent. Elles ont toujours l'apparence de fantômes, mais ce sont des fantômes familiers : Zineb, la femme de Madini, petite et dodue, presque une enfant ; Safia, deux fois plus âgée que son mari Jaad, noire et anguleuse ; ma tante Kenza qui n'a plus d'âge, plus de dents ; et une nuée d'enfants qui ne jouent pas, ne parlent pas, ne sourient même pas ni ne pleurent : ils sont là et vous regardent. On dirait des adultes tristes et inactifs.

Parfois, me parviennent des rires, vite étouffés. Les portes des salles se sont rouvertes une à une, les femmes refont les literies et balaient, lavent à grande eau, astiquent. J'entends le cliquetis de leurs bracelets d'or et d'argent, j'entends le raclement des brosses et le claquement de l'eau qu'elles déversent à pleins seaux. Mais tout reste discret :

les sons, les gestes et les voix. Les êtres n'ont pas de présence et les choses n'ont plus de signification.

Quand on se met à table, on regarde fixement le fauteuil en cuir blanc. On prend une olive, un bout de pain — et on s'en va. Tour à tour, nous nous levons en jetant les couverts sur la table. Il y en a qui vont boire, d'autres qui vont manger au restaurant. Ici, devant ce fauteuil, personne n'a faim. Ma mère vide les plats dans une bassine et charge l'un de mes neveux d'aller les distribuer aux pauvres. Il ne va pas loin : il n'a qu'à ouvrir la porte et les pauvres sont là, dont le nombre est légion, comme si ce pays était la patrie des affamés de la terre et leur capitale le square où se trouve la maison du Seigneur. C'est bouleversant de voir l'un de ces enfants nus manger de la viande. C'est pour cela que, moi, je n'ai pas faim.

Quand vient le soir, il n'y a rien sur la table, pas même les couverts. Rien que les mains de ma mère, posées à plat et sans vie, avec leurs veines grosses comme des cordes. Elle attend. Le balancier de l'horloge oscille dans un bruit de rouille et les quarts, les demies, les heures sonnent, allègres. Des voisins entrent et sortent, des parents, des amis. Ils s'assoient, murmurent et fument. Et je sais que ma mère, qui leur répond, n'entend rien, ne les voit pas. Elle leur répond au hasard, par monosyllabes. Puis les visites s'espacent, la dernière âme charitable s'en va, la rue se vide de sa rumeur, les enfants montent se coucher, mes belles-sœurs montent à leur tour, sans oser nous dire bonne nuit, et nous nous retrouvons seuls, ma mère et moi. Mais c'est comme si elle se retrouvait seule, enfin toute seule. Elle remue les mains doucement, doigt par doigt, les soulève avec peine. Elle trace dans l'air, au niveau de ses yeux, des portes, des cercles, des signes bizarres. Ou bien elle compte sur ses doigts, sans même remuer les lèvres, de plus en plus vite. Je n'ose l'interrompre et l'expression de mon amour n'eût servi de rien. Ce sont des rêves qui lui appartiennent en propre. Un soir, j'ai ouvert la bouche pour la consoler et il m'a fallu une heure pour la ranimer.

Maintenant, quand elle regarde ses mains, dessine ou compte, je la laisse faire. Je sais qu'ensuite elle se lèvera, tournera en rond dans la salle, avant d'entrer dans mon ancien bureau qui, depuis dix jours, sert d'antre à Nagib. Elle y reste longtemps et, quand elle en ressort, ses doigts sont fichés dans des bouteilles de bière. Elle a le sens de l'honneur. Ces bouteilles vides, elle ne les jette pas à la poubelle : les boueurs voient et parlent. Elle les monte avec elle et les cache sous son lit. C'est le seul endroit où les étrangers de la maison (les brus et leurs enfants à demeure, les parents et les amis en visite) ne se risqueraient pas à aller regarder.

Si elle dort, je suis sûr que non. Elle s'assoupit (mais elle l'est toute la journée), elle est sur le point de s'endormir quand le marteau de la porte résonne. C'est l'un de mes frères qui regagne enfin son lit. Une nuit, j'ai vu ma mère au moment où tombait le marteau. Je l'ai vue jaillir de sa chambre en disant : « Qu'est-ce qu'il y a ? » J'ai vu son visage verdir et un spasme contracter sa gorge. Je l'ai vue rendre avec des râles de chameau qu'on égorge. Je me suis précipité pour la secourir et elle m'a repoussé. Elle m'a repoussé de toutes ses forces en criant :

— Laisse-moi ! Ce ne sont pas tes enfants, ce sont les miens... les miens...

Le matin du onzième jour, tout a changé. Nagib est sorti de son antre et, avec lui, sont sorties des odeurs de ménagerie et de vieil alcool. Il a frappé dans ses paumes et il a hélé :

— Ho ! y a rien à manger dans cette maison ?

Du coup, le brouhaha d'antan s'est rallumé dans toutes les chambres, récepteurs de radio réglés à plein volume sur des stations différentes, tables rondes que l'on roulait à travers le patio, soufflets attisant les feux, portes claquant, rires et voix criardes des femmes.

Il est monté à la terrasse, « pour chasser l'odeur de la mort », a-t-il dit. Quand il est redescendu, il était rasé, coiffé, et il puait l'eau de Cologne des bazars. Il m'a regardé d'un air narquois :

— Je te plais comme ça, chéri ?

Abdel Krim a éclaté de rire. J'entends encore ce rire : à lui seul, il vaudrait une fortune.

— M'sieur Driss ?

Je me suis tourné vers lui. Les jambes de son pantalon étaient retroussées, et il se grattait les tibias.

— Oui ?

— Rien.

Et de nouveau il a éclaté de rire.

— Faut pas faire attention, m'a dit Madini. Il était assis dans le fauteuil blanc et, sur sa tête, il avait posé la calotte de mon père. Ses paupières étaient noires, mais il sourit. Jaad a levé les yeux au ciel et il a expliqué :

— Il ne sait jamais s'arrêter. Dieu tout-puissant, maître des mondes et roi du jugement dernier, je peux supporter tous les idiots de la terre, sauf celui-là.

— Haha ! a ricané Abdel Krim. Hihihihouhouhaaa !

— Faut pas faire attention, a dit Nagib en

s'asseyant. Nous, on a l'habitude. On l'a mis dans un asile et ils nous l'ont renvoyé. On l'a chassé partout et il est toujours revenu. Il n'y a qu'à la police où on veut le garder. Mais combien de temps ça va durer ? Il est fichu de donner sa démission. Tu comprends ? il s'amène et dit : « Monsieur le banquier, monsieur le commissaire, c'est pas comme ça qu'il faut travailler, je vais te montrer. » Moi, quand je lui donne des coups, il rigole. Qu'est-ce que tu peux faire avec un âne qui rigole ?

Il a pris un petit pain et il l'a enfourné. Il l'a fait suivre d'une poignée d'olives. Il a mastiqué longuement. Puis il a saisi un bol et il y a craché les noyaux.

— Alors, on mange ou on s'en va ?

De la cuisine, ma mère lui a répondu :

— Deux minutes.

— M'sieu Driss ?

Je me suis laissé prendre de nouveau et j'ai répondu :

— Oui ?

Abdel Krim a dit :

— Rien.

Et il a éclaté de rire. Jamais je n'ai entendu être ou animal rire comme lui.

— Faut pas faire attention, a répété Madini.

— Chut ! a hurlé Jaad.

Nagib a saisi un pain rond et, le coupant à coups de pouce :

— Il t'a pas encore raconté l'histoire du crocodile ?

Tout le monde s'est mis à rire, même Abdel Krim. Ses dents étaient longues et sa langue pendait. Ma mère parut sur le seuil, portant un plateau de cuivre chargé de plats fumants.

— Qu'est-ce qu'il y a ? demanda-t-elle.

— L'histoire du crocodile, dit Abdel Krim d'une voix caverneuse.

Si Nagib n'avait pas vu vaciller le plateau, personne n'aurait déjeuné ce jour-là. On dut étendre ma mère et lui tapoter les mains, tant elle riait. Et j'étais si reconnaissant envers cet idiot qui riait plus fort que les autres et qui lançait régulièrement :

— M'sieu Driss ?... M'sieu Driss ?...

A l'origine, ç'avaient été des caisses d'oranges. Le Berbère avait vendu les agrumes et les caisses vides étaient devenues un comptoir. Entre ses mains, rien ne se perdait, tout se transformait, et il n'avait jamais eu besoin de suivre des cours de formation professionnelle. L'utilisation, voilà pourquoi il vivait. On est responsable de sa vie et, lui, il l'était de tout ce qui pouvait se vendre ou servir, à défaut de se vendre. Immémoriale, venue des chromosomes et d'une longue hérédité d'affamés, l'utilisation des déchets était dans son sang. C'était sa religion. Pour lui, la religion de l'utilisation était toujours allée dans le sens de la poussée vitale.

En détaillant l'huile d'arachide ou d'olive, le beurre rance ou le miel, il avait fait tomber quelques gouttes, bien malgré lui, et les anciennes planches à peine rabotées avaient fini par prendre un aspect d'acajou. Plus tard, quand le Berbère vendra son fonds de commerce, demain ou dans dix ans, il fera valoir le comptoir. Mais ce n'était qu'une probabilité : il était entré dans cette échoppe à l'âge où les Occidentaux apprennent le latin et le grec. Il y avait apporté, outre sa personne, une jarre d'huile et un sac de fèves. Maintenant, deux camions pouvaient à peine suffire pour charger les marchandises : elles s'étalaient dehors, jusqu'au milieu de la chaussée.

Moi qui avais connu cet homme à l'âge où j'apprenais le latin ou le grec, mais pas la vie, je l'ai trouvé immuable. Il était encore debout, comme si depuis des années il ne s'était ni couché ni même assis. Et comment eût-il pu le faire, dans cette échoppe bourrée de boîtes et de vrac, de lampes à pétrole, de tissus, d'objets si hétéroclites que vous pouviez venir en pleine nuit et lui demander n'importe quoi. Et ce n'importe quoi, il l'avait. Aspirine au détail, cigarettes en gros, demi-gros et au détail, des pneus neufs, des pneus réchappés, de l'eau gazeuse, des clous, des balais, un revolver, n'importe quoi. Tout était dans le soleil et en vente libre (mais jamais à crédit) tant que, *lui*, il pouvait voir, longtemps après le coucher du soleil. Il avait de bons yeux, capables de reconnaître une fausse pièce dans un tunnel. Et, tant que durait la nuit, il était là, éclairant sa marchandise, ses clients, la monnaie (mais ne s'éclairant pas, *lui* : il avait de bons yeux) avec une vieille lampe à carbure. Il n'était pas réjoui, il était triste. C'était ce même être triste dont je voyais naguère la figure longue et triste en tournant le coin de la rue, avant de m'engager dans le square et de rentrer chez moi. On se demandait dans le quartier quand il trouvait le temps de manger, de dormir ou de faire ses besoins. Et où. Si même il dormait ou mangeait. On savait qu'il était marié et qu'il avait des enfants, quelque part sur la terre, mais personne, jamais, ne l'avait vu ailleurs que derrière son comptoir, debout, vigilant et triste.

Nagib s'accouda au comptoir et le considéra, la tête entre les mains.

— Et alors, Maati, l'épicerie, ça marche ? demanda-t-il.

Maati eut un pauvre sourire.

— Oh! dit-il, avec les temps qui courent...

— Et la bimbeloterie, ça marche?

— Les temps sont très difficiles, monsieur. Je ne sais pas à quoi ça tient. On dirait que Dieu veut punir ses créatures.

— Laisse Dieu tranquille! dit mon frère. Et la quincaillerie, ça marche? Les casseroles, les poêles, les balais?

— Oh! monsieur, je n'ai jamais vu une époque pareille.

— Et la limonade, et les tissus, ça marche?

— Avant guerre...

Nagib lança une main et souleva le Berbère par le cou.

— Alors, qu'est-ce qui marche ici? hurla-t-il. Et toi, ça marche?

Maati hoqueta, mais il eut la force de sourire. Longtemps, Nagib le regarda, comme s'il se fût agi d'un rat d'égout. Puis sa main s'ouvrit.

— Trente jours fin de mois, dit-il. Ça te va?

Maati se frotta le cou et mit un poids sur la balance qui oscillait sur son socle.

— Seigneur, commença-t-il...

— Laisse le Seigneur tranquille, dit le géant. Il est mort et je te fais toutes mes condoléances. A partir d'aujourd'hui, c'est moi qui passe encaisser le loyer. Pas de retard, pas de crédit. Vu?

Maati fit signe que oui. Il n'était plus triste du

tout, mais désabusé. L'ère des coutumes et des traditions était morte avec le Seigneur et maintenant c'était celle des hommes bruts, frustes et forts. Hé oui ! Qui pouvait comprendre l'histoire des hommes ?

— Vu, laissa-t-il tomber.

Il ajouta un autre poids sur l'autre plateau de la balance sans doute parce que le premier eût risqué de la dérégler. Ensuite, avec un profond soupir, il les ôta tous les deux et se mit à les soupeser, les passant d'une main dans l'autre.

— Bonjour, Maati, dit Nagib comme si de rien n'était. Sa voix était cordiale.

— Bonjour, Nagib.

— Ça va ? Les enfants vont bien, la petite famille ?

Maati posa les poids sur le comptoir et sourit avec aménité.

— Pas mal, merci.

— Combien tu en as maintenant ?

— Huit. Son sourire s'élargit et il ajouta avec un rire gêné : « Et il y en a un autre en cours de route.

— Hé hé ! plaisanta Nagib. On dirait que de ce côté-là, ça marche ? Tu travailles pour la Promotion nationale, quoi ! »

L'autre resta là à sourire. Nagib claqua des doigts et tendit sa main ouverte.

101

— Ah! pardon, dit le Berbère, j'oubliais.

Je me tenais sur un pied, à la façon des cigognes. La bouteille de bière jaillit, fut décapsulée et vidée à même le goulot avant que j'eusse changé de pied. Maati attrapa en plein vol le flacon qu'on lui jetait, n'oublia pas de ramasser la capsule qui pouvait servir et dit :

— Comme d'habitude ?

— Hé non ! répondit Nagib en s'essuyant la bouche du revers de la main. Pas comme d'habitude. Tu effaces tout sur l'ardoise et ensuite tu casses cette ardoise ou bien tu la donnes à l'un de tes gosses si tu veux qu'il apprenne à lire. A partir d'aujourd'hui, c'est moi le patron et c'est moi qui encaisse.

Et se tournant vers moi :

— Tu viens, toi ?

— Si Moh ? ça va bien ? la santé est bonne ? les amours aussi ? Mais, ma parole, on dirait que tu as rajeuni. Regardez-moi ce costume.

Ils s'embrassèrent comme des frères. Ils se tapotèrent le dos, se bourrèrent les côtes. Ils étaient si heureux de se retrouver.

— Et ce machin-là, c'est quoi ?

— Ça ? dit Si Moh. C'est le modèle le plus perfectionné de tous les récepteurs de radio conçus et réalisés à ce jour. Pensez donc ! Les

102

techniciens américains, italiens, français, allemands, russes et chinois y ont travaillé depuis la dernière guerre. Quand j'ai su qu'il était fin prêt, je suis allé téléphoner la commande. Il est unique. Regarde-moi ces chromes !

Les mains derrière le dos, Nagib passait et repassait devant le récepteur.

— Et tu dis qu'il capte le pôle Nord ?

— Si ça capte le pôle Nord ! s'exclama Si Moh. Quand tu as Tokio, tu jurerais qu'on te parle au téléphone.

— Et tu dis que Tokio, ça se trouve au pôle Nord ?

— Moi, j'ai dit ça ?

Il y avait là trois à quatre hommes bien mis, qui auraient pu à eux tous trouver un emploi à mi-temps. Mais sans doute n'en avaient-ils même pas trouvé à quart de temps, peut-être aussi n'avaient-ils jamais essayé. Ils avaient des costumes de soie, ils venaient de jouer aux cartes et maintenant ils fumaient du kif. Si Moh les prit à témoin.

— Vous entendez ça, vous autres ?

— Et où ça se trouve alors ? demanda Nagib.

L'un des fumeurs ramassa les cartes et se mit à les battre. Entre ses doigts, elles devenaient un éventail, un soufflet d'accordéon, disparaissaient comme par enchantement.

— En Hollande, naturellement, dit-il. Tout le monde sait ça.

Nagib marcha sur lui. Derrière son dos, ses mains pétrissaient une pâte invisible.

— Mais moi, je ne sais pas, cria-t-il. Et je ne veux pas de ta Hollande. Ce que je veux, c'est le pôle Nord.

— Faut pas te mettre en colère, mon frère, dit Si Moh. Il plaisantait, voyons !

— Qu'il aille plaisanter ailleurs ! Je connais personne en Hollande, moi.

Il étendit le bras, quatre fois de suite, et les quatre jeunes gens se retrouvèrent dehors. Il se baissa, ramassa les cartes, les pipes, le pot de kif, et les envoya dehors. A la réflexion, il fit également passer par-dessus son épaule la table, les chaises, un cendrier. Quand il se retourna, ce fut pour attraper Si Moh par le cou. Il se mit à lui serrer le cou et à le secouer.

— Ça capte le pôle Nord ou pas ?

— Ça capte tout.

— Même le pôle Nord ?

— Même le pôle Nord. Lâche-moi... Tu me fais mal.

— Et ça vaut cher ?

— Lâche-moi.

— Cher ?

— Encore assez. Lâche-moi, je t'en prie. J'étouffe.

— Combien ?

— Lâche-moi... Mais lâche-moi donc !

— Combien ? Deux mois, trois mois de loyer ? Six mois ? Tu réponds à la fin ?

Dans la figure de Si Moh, distinguée, polie et comme façonnée par un sculpteur de la civilisation grecque, les yeux commençaient à saillir.

— Combien ?

— Huit mois.

— Alors je l'emporte, conclut Nagib en le lâchant brusquement. Il fit craquer les jointures de ses doigts, l'une après l'autre, posément. Tu dois six mois de loyer, et le reste c'est mon petit cadeau, parce que tu t'es foutu de moi avec tes copains.

— Mais j'ai jamais dit qu'il captait le pôle Nord, cria Si Moh d'une voix aiguë. D'ailleurs, il est vendu.

La colère qui s'empara aussitôt de mon frère l'immobilisa comme une statue. Puis la statue s'anima, lourde et épaisse, lente et méthodique. Si Moh avait presque atteint la porte quand deux poings se levèrent et s'abattirent sur le récepteur chromé, une seule fois, le réduisant en un amas informe de bois, de métal et de verre — avant de se rouvrir et de se refermer sur les oreilles de Si

Moh. Et ce fut par les oreilles que Nagib le souleva, de plus en plus haut. L'homme avait à présent une tête de la civilisation inca. Il appelait au secours, donnait des coups de pied et de poing, crachait, griffait, bavait. Mais la statue était comme de roc. J'entendis mes propres cris, mais rien n'ébranla cette statue animée par la colère. Quand la tête de Si Moh toucha le plafond, Nagib découvrit les dents. Il riait et son rire était énorme.

— Et alors ? dit-il. Je t'arrache les oreilles et je les mange au petit déjeuner ?

Et cela fut ainsi : la tête de Si Moh heurta le plafond, heurta le mur, heurta le plancher. Il essayait de protéger sa tête, mais celle-ci heurta n'importe quoi. Je tentai de lui porter secours et Nagib me saisit par l'épaule et me fit m'asseoir sur un électrophone, sans même se retourner. Puis il souffla sur ses mains, en fit craquer les jointures.

— Trente jours fin de mois, dit-il. A partir d'aujourd'hui, c'est moi qui encaisse le loyer. Et tu as six mois de retard. Et je veux plus que ce magasin soit un bordel. Et je veux pas qu'on se foute de moi. Vu ?

— Ils l'ont tué, me dit Nagib avec véhémence. Ils l'ont vidé de son sang et tué. Et ce ne sont pas

106

les seuls. Il y en a des dizaines, des gens qu'il ne connaissait pas, et d'autres qui étaient de son sang, des parents, des profiteurs, des politiciens. Toi, tu étais je ne sais où et tu t'en fichais, mais moi j'ai assisté à la débâcle. Quand ils ont senti que le lion était malade, ils ont rappliqué comme des mouches. Et ils l'ont tué. Et il s'est laissé tuer, c'est cela le pire, c'est cela que je ne comprends pas.

Un jeune homme en pyjama se tenait debout sous un porche. Le porche donnait peut-être accès à sa maison, mais je n'en étais pas si sûr : il en sortait un chat, un cheval cachectique et une odeur de vieilles ordures quand nous passâmes. L'homme salua Nagib comme s'il le connaissait, portant vivement la main à son cœur. Nagib s'arrêta. Un œil fermé et l'autre comme dilaté, il le jaugea.

— Permis de conduire ? lui demanda-t-il.

L'autre s'abstint de répondre. Je n'ai jamais vu des dents aussi longues que celles qu'il découvrit dans un large sourire, en guise de réponse. Nagib sortit son porte-monnaie et fit cliqueter une dizaine de pièces dans sa main. Il avait l'air rêveur.

— Prends-en une, me dit-il. Vas-y ! N'importe laquelle.

107

Je choisis une pièce en nickel. Sur l'effigie du roi défunt, il y avait deux encoches.

— La Jaguar, annonça Nagib.

L'homme en pyjama émit une espèce de hennissement et alla ouvrir le portail. Dans la cour pavée, il y avait toute une rangée de voitures, de marques et de modèles différents, toutes astiquées avec soin et le capot pointé vers la rue.

— C'est à nous ! cria Nagib en se frappant la poitrine. A nous ! Et la maison où on est, c'est à nous. Et l'épicerie de Maati, et le magasin de Si Moh, c'est à nous aussi. A nous. Allez, monte, toi, monte !

L'homme en pyjama s'appelait Issa. Mais il aurait pu tout aussi bien s'appeler Isaac ou John, porter sur le dos une veste ou un tricot. Il n'avait pas de nom, pas de passé ni d'avenir, pas même une identité propre. Nagib lui avait dit : « La tournée du propriétaire » et, à partir de ce moment-là, il tourna avec le volant, bondit sur son siège quand la Jaguar passait sur n'importe qui ou quoi, gémit quand les freins gémissaient. Rien, ni les sens interdits ni les feux rouges ni la cohue, rien ne put l'arrêter ni même le faire ralentir. Dès l'embrayage, l'aiguille du compteur avait atteint le chiffre 100 et elle n'en bougea plus.

— Tu le connaissais, soliloquait mon frère. C'était un homme fort et droit. Il aimait les hommes forts et droits. Tout était à sa mesure, même les moteurs d'occasion. Un moteur ne devait pas être grippé, ne devait jamais l'être. Tu te souviens, Driss ? Qui de nous aurait osé dîner, passé minuit ou l'aube, avant qu'il n'arrive ? Dis, tu te souviens ?

Je me souvenais. Je n'osais pas l'interrompre. C'était cela mon passé.

— Tu te rappelles quand il sortait ? Il était vêtu de blanc, coiffé et chaussé de blanc. Et tout le monde se précipitait pour lui baiser les mains. Non seulement parce qu'il était riche, mais parce qu'il était le Seigneur. C'était un honneur que de lui baiser les mains. Tu te souviens de cet homme, Driss ? Ta mémoire n'est pas morte, dis ? Il était notre maître de fer, mais aussi notre nourricier et notre dignité. Avec lui, la vie avait un sens. On mangeait et on avait plaisir à manger : cela avait un sens. Nous ne savions même pas ce qu'il faisait, s'il vendait des tomates ou des avions. Il était le Seigneur, qui réglait tout, prévoyait tout, dont tout et tous dépendaient. Quand il rentrait de la ferme, il y avait la queue devant sa porte : toute sorte de gens qui ne savaient pas comment vivre, pour qui la vie était un fardeau et un drame. Il écoutait et disait un mot, un seul — et ces gens-là repartaient pleins de courage et de joie. C'était une sorte d'administrateur, une administration personnalisée, sociale, économique et religieuse. Et, bien que nous souffrions de son autorité de fer, nous étions fiers d'être ses enfants. Personne d'entre nous n'allait à la dérive, ni toi avec tes banquises du pôle Nord, ni Abdel Krim, ni Jaad, ni moi, personne ! Il nous disait : « Fais ci ou ça. » Et nous faisions ceci ou cela, sans chercher à comprendre, parce que nous savions que c'était ceci ou cela qu'il fallait faire. C'était notre guide à tous. Tandis que maintenant...

C'était cela mon passé. Mon passé était cet homme et ce qu'il représentait. Et je sais maintenant que j'ai toujours vécu mon passé — et lui seul. Quand on me dira que l'histoire a tourné comme le vent du ciel et que nous avons un avenir devant nous, j'ai peur que nous n'ayons jamais d'autre avenir que notre passé.

— Arrête ici, camarade !

Nous descendîmes et nous entrâmes dans une imprimerie.

— A nous ! cria Nagib. C'est à nous !

Il n'eut pas besoin de maltraiter le gérant. Le gérant était un homme doux, avec des yeux globuleux et rêveurs. Son affaire était prospère et il ne tenait pas à avoir de problèmes. Toute sa vie, il s'était coulé entre les situations extrêmes, avec la prudence du serpent et la peur instinctive d'une gazelle. Il nous fit entrer dans son bureau, nous montra des talons de chèques, souscrivit à toutes les décisions de mon frère.

— Au suivant ! dit Nagib.

J'avais pitié de lui. C'était mon frère et je l'aimais. Les mots tombaient aussi lourds que des pierres dans une mare, et j'avais pitié de lui et de sa force.

— Alors il y eut la débâcle. Je ne sais pas si tu as vu s'abattre un vieux chêne, mais moi qui ai été bûcheron, j'en ai vu tomber plusieurs. D'un seul coup, en un seul jour, il fut comme mort. Il s'est installé dans ton ancien bureau, s'est assis sur son lit de camp, et il est devenu très faible, très vieux, très mort.

La Jaguar filait dans le soleil, dans le crépuscule du soir, dans la nuit noire. Elle s'arrêtait avec un miaulement de guépard et nous descendions, Nagib et moi. C'étaient une bijouterie, un entre-pôt, une usine, une briqueterie, un garage, un immeuble, tout ce qui était « à nous ». « A nous ! » s'écriait mon frère en se frappant le torse. « Tout cela est à nous, rien que dans cette ville. » Et il réclamait des comptes à coups de poing, saisi d'une fureur ininterrompue, qui n'avait pas d'objet, dont il n'était même pas conscient, qui était pure et simple. Puis la voiture repartait dans une explosion, il s'affalait à côté de moi sur la banquette et reprenait son monologue — mais la fureur était toujours là, dans sa voix morne et basse.

— Tout lui était devenu égal. Un chêne tombé à terre, c'est tout juste bon pour les vers. J'ai assisté à sa décomposition, moi qui ne pouvais rien comprendre. Les vers, c'étaient ses enfants, sa femme, oui, monsieur, des parents jaillis du sol comme des vers. Les voix dans la maison montèrent comme un concert de loups, chacun de nous faisait ce que bon lui semblait, tous ceux qui jadis lui laçaient ses souliers parlaient et se comportaient à présent comme des êtres libres et forts. Haha ! Et lui, l'ex-seigneur, l'ex-lion, ex-humain, il était là, assis sur son lit, et il laissait faire. Tu entrais dans sa chambre, tu le regardais et les larmes coulaient de tes yeux, rien qu'à le voir. Et, quand il te voyait, lui, il t'appelait d'une voix faible d'homme faible : « Nagib, mon fils. » Je l'ai pris dans mes bras, je l'ai jeté dans une Volkswagen double-frein double-accélérateur, et j'ai sillonné les routes à la recherche d'un docteur qui soit vraiment docteur, d'un médicament contre les vers de la vieillesse, d'un sorcier, d'une inspiration subite de Dieu ou du diable. Si jamais tu vois le docteur Hort, il te racontera. Il était là, à l'enterrement, juste derrière toi. Et il pleurait, le pauvre homme ! Et comment aurait-il eu le cœur de ne pas pleurer, avec la villa qu'il s'est fait construire en soignant ce vieux chêne ? Allez, descends, mon frère, descends !

L'homme en pyjama donna un brusque coup de freins et me montra les dents. Je descendis.

— Prends un taxi et rentre à la maison. Ou bien prends un avion et rentre chez toi au pôle Nord. Ça m'est égal. Moi, je vais entrer ici (il me désigna un cabaret à enseigne clignotante) et je vais me saouler. C'est tout ce qu'il me reste à faire. Me saouler, me battre et me saouler. Qui est-ce qui va maintenant me tirer les oreilles et me dire (il imita la voix de mon père) : « Nous comprenons que ton appétit soit à la mesure de ta taille. Mais pourquoi te presser ? Pourquoi goinfrer ? L'eau revient toujours à son propre niveau. »

Il eut un hoquet et ajouta :

— Le vieux chêne est mort et il nous a laissé des immeubles, des terres, des usines, toute sorte de biens. Mais, Driss, oh ! Driss, je te le demande : Qu'est-ce qu'on va faire de tout ça ?

Je n'ai jamais su répondre. J'ai hélé un taxi et je suis rentré chez moi. Et je me suis saoulé, moi aussi. Toute la nuit, je me suis posé des questions et elles m'ont rendu ivre.

6.

CAMEL

Il arriva par le car, gras et jovial. Il prit le trolleybus et le reste du chemin, il le fit à pied, sous le soleil de midi. Quand il poussa la porte de l'étude, il était toujours aussi gras et jovial, avec ses mains dans ses poches, son béret vissé sur la tête et sa chaîne de montre qui cliquetait sur sa panse avec un bruit joyeux. Il dit :

— C'est fou ce que la vie augmente ! On ne peut plus voyager par les temps qui courent.

Sans s'adresser particulièrement à lui, Nagib fit remarquer à voix haute que « les pauvres qui ont des palais en marbre sont bien à plaindre, ma foi oui, et que les fonctionnaires de la vie, comme les appelait mon père, ont droit à notre estime et à une retraite quand ils ne peuvent plus rien tirer de la vie, comme disait mon père ». Camel ne parut pas entendre. Il embrassa ma mère, donna une main molle à tout le monde, traita ses frères comme de grands enfants. « Pauvre petit ! » dit-il à Jaad. « Et alors, ça marche, la police ? » demanda-t-il à Abdel Krim. Il serra sur son cœur le vieux notaire qu'il voyait pour la première fois de sa vie — et il resta là, bas sur pattes, les oreilles décollées et le regard clignotant et oblique, m'étudiant des pieds à la tête.

— Hé oui ! soupira-t-il. C'est la vie. On abandonne sa famille, sa religion et son pays et on ne revient que le jour de l'héritage. C'est ça, mon frère ?

Cet homme de quarante ans, j'ai joué avec lui avec des capsules de bouteilles de limonade, il y a de cela une vie.

— Il y a des moments où j'aime la viande hachée, dit Nagib de sa voix de crieur public. Et il y en a d'autres où je préfère les saucisses. Comme disait mon père, il est très facile de se mettre en colère, alors que c'est tout un art de calmer les gens

— Ça. c'est vrai ! Il le disait, témoigna Abdel Krim Attrape ça, camarade ! Hihihouhouhaha. Un à zéro

— Voyons, mes enfants, dit ma tante Kenza, pour l'amour de Dieu...

— Fermez la porte ! dit ma mère. Nous sommes ici pour entendre les dernières volontés du défunt et non pas pour nous battre comme des gueux. Et, s'il se produit des étincelles, j'aime

116

autant que le feu ne se communique pas à toute la ville.

— Haha ! s'esclaffa Abdel Krim.

— Je ne parle pas à des voyous, dit Camel en s'asseyant. Il tira une chaise et s'assit. A la réflexion, il se leva et alla s'installer dans l'unique fauteuil de l'étude. « Chaque fois que je viens dans cette ville de voyous, c'est à mon corps défendant. »

Le rire qui secoua l'idiot secoua tous les os qui lui tenaient lieu de membres, secoua ses dents, la chaise à haut dossier sur laquelle il était posé plutôt qu'assis. Et, en riant, il se grattait partout comme s'il avait la gale.

— Hihihouhouhaha. Bien, excellent. Un à un. Match nul.

Nagib ôta sa veste, en fit une sorte de boule sur laquelle il tomba assis, en un mouvement de fauve des grands espaces.

— Bah ! conclut-il, après tout les saucisses blanches restent sur l'estomac. Comme disait mon père, les voyous se portent bien parce qu'il y a toutes les chances pour qu'ils restent des voyous, tandis que les fonctionnaires de la vie connaissent souvent une ascension financière à laquelle ne correspond pas forcément une ascension morale.

— Ça, c'est vrai, hurla Abdel Krim. Il le disait.

Je puis en témoigner sous serment. L'ascension de la vie... Ouais ! Hihihouhouhaha. Deux à un.

— Va fermer la porte. Et ferme aussi ta grande bouche.

— Oui, maman.

De très bonne grâce, il alla fermer la porte. Mais, au lieu de se rasseoir, il s'approcha de Camel et se mit à tourner autour de lui, la tête penchée de côté.

— Et dis-moi, lui demanda-t-il, pourquoi n'es-tu pas venu à l'enterrement de notre père à tous ? — Des larmes jaillirent de ses yeux et, l'instant d'après, il éclatait de rire. Ce fut un passage direct du chagrin réel et simple à la joie la plus élémentaire. — Hihihouhouhaha. Parce que toi aussi, sans quitter ton pays, tu l'as quitté quand même, sans parler de la religion et de la famille. Attrape ça, camarade ! Trois à un. Haha !

Camel siffla entre ses dents. Une seule fois.

— Couché ! dit-il. Fais dodo.

La voix de Nagib en fut comme amplifiée :

— Comme disait mon père, les fonctionnaires de la vie ont toutes les chances. Ils évitent les moments pénibles, se trouvent toutes les excuses pour ne pas participer à l'histoire, et ce sont quand même eux qui l'écrivent, cette histoire, et qui la jugent.

— Ça, s'écria Abdel Krim, je ne peux pas en témoigner. J'étais à la police.

C'est alors que Madini se leva. Il était triste, marchait à tout petits pas. Il contourna le bureau, regarda chacun de nous, tour à tour, de ses yeux aux paupières durcies, comme d'un homme qui eût oublié depuis longtemps de dormir. Il dit — sa voix était basse, lasse :

— Monsieur le notaire.

Le notaire avait tout son temps. Il avait derrière lui des siècles d'histoire et de culture. C'était un homme famélique, nourri exclusivement de théologie, de droit musulman et de bonnes manières. Pour lui, la politesse était le propre de l'homme. Peu importait qu'un être fût d'une race ou d'une autre, qu'il fût marchand ou esclave, fils de Cham ou de Sem. Dieu avait créé des hommes dissemblables en tous points, depuis la nuit des temps et jusqu'à la fin des siècles. *Et si Nous l'avions voulu, Nous aurions fait de tous les hommes un seul peuple.* Voilà ce que disait le Coran. Mais Il ne l'avait pas voulu, et c'était ainsi, hélas ! Il y avait des gens bien élevés et d'autres qui ne le seraient jamais. Et il était écrit qu'un homme bien élevé, marchant dans la voie droite de Dieu, passerait sa vie à avoir affaire à des « individus de peu », que son combat quotidien consisterait à ne pas devenir lui-même un « individu de peu », et que c'était cela la vie.

119

La géhenne et non pas la vie, se dit le vieux notaire en s'asseyant à son bureau. *La géhenne et la malédiction de Dieu.*

Il joignit les mains et se mit à psalmodier :

— Au nom de Dieu clément et miséricordieux, Maître des mondes et Roi du jugement dernier...

Les futurs héritiers récitèrent, pleins de dévotion et d'enthousiasme :

— Au nom de Dieu clément et miséricordieux, Maître des...

— Monsieur le notaire, répéta Madini de sa voix triste et basse. S'il vous plaît.

— Béni soit le Seigneur ! entonna Nagib. Plus on a le ventre plein et plus on est croyant. Comme disait mon père, le ventre est la source de la foi.

— S'il y a le feu, dit ma mère, j'aime autant m'en aller. Je ne sais pas comment j'ai pu survivre à mon malheur et rester là, à la tête d'une famille de démons.

— Hé ! lui répliqua le géant en s'accroupissant sur ses talons, les aisselles sur les genoux et sa face sauvage levée vers le ciel, le feu appelle le feu, comme disait mon père.

Une femme cria :

— Seigneur Dieu ! Je me réfugie auprès de toi.

Elle prit son chapelet et se mit à le dévider à toute vitesse : je me réfugie auprès de Toi, je me réfugie auprès de Toi. Une autre se boucha les oreilles et se lamenta d'une voix perçante.

— O mes oreilles, vous n'avez rien entendu.

L'homme à la face sauvage frappa dans ses paumes et gueula :

— Il y a des morts qu'on n'enterre jamais.

— Monsieur le notaire, s'il vous plaît, répéta Madini.

Mène-nous dans le chemin droit, récita mentalement l'homme de foi et de loi. *Chemin de Tes élus et par où ne passent jamais ceux que Tu n'as pas daigné honorer de Ta lumière. Amen.* Il se leva. Il prit tout son temps pour ouvrir son coffre-fort. *Que Tu as maudits*, se dit-il avec une fureur tranquille. *Misérables enfants de la civilisation.* Il sortit de son coffre deux boîtes : une petite boîte ronde en métal qu'il ouvrit et dont il recueillit entre le pouce et l'index une pincée de tabac. Il prisa selon la tradition et les bonnes manières, étalant la poudre sur le dos de la main et la prisant en deux reniflements. Ce faisant, il nous observait tous d'un air méprisant. *Misérables enfants du siècle, nantis d'une éducation emblématique de cadavre !*

L'autre boîte était en carton bouilli. Elle contenait une bande magnétique qu'il examina longtemps, la tournant et la retournant entre ses doigts grêles et blancs, la regardant à contre-jour — et on

121

eût dit une plaque ronde et diaphane à travers laquelle il nous examinait, nous, tandis que se rejoignaient ses sourcils et que sa lippe s'allongeait et prenait du volume. *Quand la terre tremblera de son tremblement, quand le soleil s'enroulera, quand les montagnes s'écrouleront en un écroulement, la peau de l'homme témoignera contre l'homme, et ce jour-là...*

Sur le bureau, il y avait un magnétophone. Personne ne l'avait remarqué. Nous tous qui étions là, nous étions persuadés que le vieil homme avait des distractions de vieil homme, que la civilisation ne signifiait rien pour lui qui savait tout juste allumer un briquet et qu'il allait retourner à son coffre pour y replacer cette bande que le diable avait dû mettre là pour le tenter — et en sortir une bonne vieille enveloppe cachetée selon les règles de la tradition et les bonnes manières coraniques.

Quand il s'assit face au magnétophone et inséra la bande, le silence était depuis longtemps épais, à couper à la hache. Et c'était ainsi : une vaste ruche, moins le bourdonnement. Quand il brancha la prise, quand il tourna des boutons, quand le voyant vert s'alluma et que la bobine se mit à tourner, le silence prit une ampleur de fonds marins. Je savais maintenant que ceci était un nouvel élément, le plus spectaculaire d'une mise

122

en scène répétée longtemps à l'avance. Je savais qui en était l'auteur. Mais j'ignorais pourquoi et dans quel but.

Et ce fut dans le silence de néant qui s'était installé parmi nous et en nous, comme de la gélatine qui nous eût saisis et figés brusquement, que s'éleva la voix du Seigneur.

« *En cet an de grâce, car c'est un an d'infirmité de croyance en Dieu et en l'homme — mais nous dirons, nous : en cet an de grâce de ce siècle de fer, devant témoins, afin que notre volonté soit vivante pour des êtres vivants et non pas écrite et risquant d'être mal interprétée, et afin que notre œuvre soit une récolte dont on se partage les fruits selon l'équité et selon les besoins réels de chacun, nous avons opté pour un testament conçu et dressé selon des méthodes modernes. Ainsi, si par extraordinaire, ce que nous ne croyons pas, il naît le mondre litige entre nos héritiers, copies certifiées conformes ont été enregistrées en même temps que la bobine originale. Ainsi, chacun de nos héritiers pourrait en avoir une, pour l'écouter à loisir et la méditer. Ceci étant, nous commençons.* »

Que disait donc Nagib, désaxé, dépolarisé et désormais face à face avec lui-même ? Une voix faible d'homme faible ? Hihihouhouhaha ! Il y eut des injures, quelqu'un saisit mon bras et le tordit, m'ordonnant de me taire, au nom de Dieu, du

Coran, de tous les saints de l'Islam, par respect pour le mort tout au moins. Mais j'étais déchaîné, exorcisé. Je riais d'un rire de dément. Cette voix, je la reconnais. Je la reconnaîtrais d'entre les morts, d'entre les cimetières des civilisations. Et comme c'est étrange ! Moi aussi, je sais que j'ai toujours été désaxé et faible d'être face à face avec moi-même.

« *Tant que nous avons vécu,* poursuivit la voix, *nous avons eu charge d'âme. Tous membres de notre famille ou de la famille de notre épouse, soit déshérités par le sort que l'on charge de toutes les pestes, soit diminués par l'incapacité de travailler, soit encore sous-développés et faibles et individualistes comme les artisanats locaux et les petites entreprises appelés à disparaître en ce siècle de fer, par voie de concurrence — ou tout simplement parce que, nous, nous avions réussi, que nous travaillions pour tous et qu'ils comptaient loyalement sur nous.* »

— Mais... mais on dirait... on dirait sa voix, balbutia Abdel Krim. Je vous assure...

Le reste se perdit dans les pleurs et les sanglots et les actions de grâce.

— Dieu te bénisse, Haj, et repose ton âme ! Qu'aurais-je fait sans toi ?

— Rien, affirma Nagib.

Leur souffrance était sincère, des turbans furent déroulés et lancés au plafond en signe de

124

désespoir, il y eut même des femmes qui se lacérèrent les joues à coups d'ongles.

— Attendez ! disait Nagib. Attendez la suite. Ne vous réjouissez pas trop vite.

— Mais... mais je vous assure... je vous assure que c'est lui, répétait Abdel Krim.

Tassée dans un coin, ma mère pleurait sans bruit et sans larmes, comme seules peuvent le faire des femmes qui ont pleuré toute leur vie, redevenue petite et infantile dès qu'avait retenti la voix du Seigneur. Jaad pleurait aussi et la consolait. Il essayait de la prendre dans ses bras, de soulever sa tête, une de ses mains. Et elle luttait avec lui, en silence, de toutes ses forces. Et il lui disait : « Pleure pas, maman, je t'en prie, pleure pas. »

Assis dans son fauteuil, la tête entre les mains, mon frère Camel regardait de biais la bobine qui se déroulait « à blanc ».

— Que Dieu repose son âme ! priait-il avec ferveur. Nous n'étions rien et il était tout pour nous.

Nagib se balançait d'avant en arrière, accroupi sur ses talons, avec une expression de jubilation intense comme peinte sur sa figure couleur de barbe, de sueur et de fureur. Sans le regarder, il dit :

— Hé oui ! Nous n'étions rien et il était tout

pour nous. Et maintenant il n'est rien du tout, et nous sommes tout sans lui.

« *Il était normal,* reprit la voix d'outre-tombe, *que nous venions en aide à ces sous-développés chroniques, comme nous l'a recommandé le Prophète, bien qu'ils fussent pour la plupart des orphelins adultes comme nous et que les veuves ne restent pas longtemps veuves dans ce monde. Ainsi des individus et des peuples.* »

— Dieu te bénisse, Haj, pria Kenza. Quand j'ai perdu mon pauvre mari...

— Tu es venue lui faire une petite visite de trois jours, continua Nagib, et tu es restée quarante ans. Ainsi des individus et des peuples. Et, lui qui était ton cadet, il est à présent sous terre, et toi tu restes. C'est pas ça ?

« *Et il est tout aussi normal que notre aide s'éteigne avec nous.* »

Celui qui m'avait tordu le bras en m'intimant de me taire saisissait à présent son propre bras, mais il n'arrivait pas à le tordre. Je vis ceci : des masques remplacèrent les masques, et des yeux s'ouvrirent. Je vis ceci : je vis Nagib comme se détendre, se dérouler, se mettre debout, fendre la foule et s'approcher du magnétophone. Ce fut ainsi : il donna un tout petit coup sur l'épaule du notaire et le vieil homme lui céda aussitôt sa place, sans aucune politesse. Je ne sais s'il marmonna, jura ou maudit. Comme piqué par une guêpe, il bondit en arrière et lui abandonna tout : son siège, le bureau, le monde entier. Il alla s'accroupir dans un coin et, à partir de ce moment-là, il ne fut plus que deux doigts, deux lèvres et un chapelet. Les grains du chapelet tombaient régulièrement l'un après l'autre, les lèvres remuaient en silence, tandis que les doigts maigres comptaient le nombre de minutes, d'heures et peut-être d'années et de siècles que l'espèce humaine aurait encore à traverser jusqu'à l'avènement du règne de Dieu. Et Nagib s'assit tranquillement et se mit à surveiller le déroulement de la bobine. Et, moi qui le connaissais bien, je savais qu'il ne pouvait contrôler sa souffrance.

Et j'entendis ceci : les fonds sonores s'estompèrent et disparurent. Ce furent d'abord les soupirs et ce furent enfin les sanglots. Et je n'entendis plus que leur halètement et la voix.

« *Tant que nous avons vécu, ils nous ont rappelé ces marchands cramponnés d'une main aux basques du gouvernement nouveau et tenant de l'autre le pan qui leur est resté du gouvernement précédent. Ainsi des individus et des peuples, quand tourne l'histoire, plus imprévisible que les vents, et que des pays et des hommes deviennent libres et maîtres de leur destin. Or, en ce qui nous concerne, un mort ne peut plus travailler et produire, et il reste donc à ces vivants à*

agir selon leur nature : ceux parmi les membres de
notre famille ou de la famille de notre épouse qui sont
de sexe mâle auront désormais tout loisir de travailler
et de produire ; quant aux femmes, elles sont pour la
plupart soit mariées et, par conséquent, leurs époux
devront assumer leur devoir d'époux et de pères de
famille, soit fiancées et, par conséquent, leur avenir
dépend de leurs parents et plus tard dépendra de leurs
futurs époux, soit encore prénubiles et, dans ce cas,
elles partageront le sort de leurs frères jusqu'à ce que
les uns et les autres trouvent leur place dans la société.
Quant aux femmes qui restent, sans époux et sans
soutien moral ou matériel, la solution la plus judi-
cieuse consisterait en une sorte d'entraide mutuelle
qui, jusqu'à notre mort, ne dépendait que de nous. »

La joie qui illumina la face de Nagib était
comme un soleil levant sur une mer en furie.
Toutes les fibres de son visage étaient autant de
tics. Il se leva lentement et ce fut plus lentement
encore, comme en un mouvement au ralenti, qu'il
étendit les bras, tandis que la joie montait en un
flot de sang, gagnait les yeux et les dilatait. Il dit
— sa voix tremblait comme une corde de luth
pincée très bas tant sa fureur était tendue :

— Vous avez entendu ? Vous l'avez bien entendu, vous tous ?

Et ce ne fut ni le cri déflagrant qui suivit ni
même ses bras de moulin qui se mirent à tomber

simultanément telles des massues vivantes et frénétiques qui les mirent debout et en fuite vers la porte. Et ni ses yeux semblables à deux tisons dans sa figure embrasée par le sang de la colère. C'étaient ses dents. Découvertes dans un sourire béat, longues et pointues comme celles d'un chacal affamé auquel on aurait lancé une éclanche.

— DEHORS !

Et, tant que la porte ne fut pas refermée, tant qu'il ne resta plus dans la pièce que ses cinq frères, sa mère, le notaire, la voix et *lui*, il continua de sourire et de baratter l'air de ses bras. Ils s'étaient levés de bonne heure pour une journée de plaisir et ils avaient été déçus. Ils sortirent et la porte se referma sur eux, ils laissèrent derrière eux un sillage de tristesse.

— DEHORS ! DEHORS !

— Mais pourquoi ? demanda Madini. Je vis dans ses yeux une expression de froide quiétude. Pourquoi cette hargne ? Après tout, ils seraient sortis tout seuls.

Nagib ne répondit pas. Ce fut comme s'il n'avait pas entendu, comme s'il ne pouvait plus entendre que la voix. Il alla se rasseoir face à la bobine et, moi qui le connaissais bien, je savais qu'il ne pouvait plus que souffrir et frapper.

« Restent maintenant ceux qui sont aptes à posséder réellement, parce qu'ils ne sont que de notre sang et ne

129

portent que notre nom. Encore que la succession d'un mort et d'une époque morte avec nous soit très lourde à porter. Que si l'on s'interroge sur le sens d'un héritage, nous dirions qu'un père ne ressemble en rien à ses enfants et que c'est pour cela qu'il existe une histoire des hommes. Mais, vous qui êtes là, vous attendez de nous la lettre et non pas l'esprit. La lettre passe de siècle en siècle ; quant à l'esprit !... Ainsi des individus et des peuples. Un père meurt, une époque, une civilisation vient à mourir, et ceux qui restent héritent non pas d'une façon de penser ou d'une conception de vie, mais du matériel qui reste forcément l'essentiel. Or, nous, tant que nous avons été en vie, nous n'avons jamais pensé que nous aurions des comptes à rendre un jour, fût-ce à nos enfants. Telle était l'époque et telle la force de la tradition statique. Un jour vient cependant où la maladie s'empare d'un homme, et de toute l'époque qu'il représente, et leur fait déposer à l'un comme à l'autre leur bilan. La maladie, comme disait un médecin français, est un état exceptionnel de la vie — et être malade, c'est être en voie de mourir. Nous nous apprêtons donc à mourir et voici notre bilan. Madini. »

Madini ne bougea pas, ne dit pas un mot. Il ferma les yeux et j'aurais juré qu'il venait enfin de s'endormir. Debout comme un cheval.

« *Madini, nous te nommons notre successeur, bien que tu ne sois pas notre fils aîné comme nous l'aurions*

130

souhaité, et parce que tu n'es ni tout à fait émotif, ni tout à fait réaliste. Ainsi, tu personnifieras l'époque de transition qui durera tant que tes propres enfants n'auront pas trouvé leurs assises dans ce monde en bouleversement. Désormais, tu seras le chef de la famille et c'est à toi qu'il incombera de gérer nos biens et de continuer notre tâche, comme un gérant des affaires courantes, car nous doutons que tu puisses produire à l'époque actuelle. Quant à ce que tu entreprends personnellement, nous sommes au courant. Nous ne t'approuvons ni te condamnons. C'est une tâche entreprise avec des mots et des idées — et nous te le demandons : combien de temps peut-on vivre avec des idées ? Néanmoins, toute entreprise humaine vaut qu'on la commence. Et commencer, c'est faire la moitié du chemin. Voici les indications selon lesquelles tu agiras en tant que nouveau chef de famille. »

Madini ne bougea pas. Seul, son dos parut se voûter davantage. A l'autre bout de la pièce, un homme de quarante ans se courba lui aussi. Mais c'était juste le contraire : il venait de se réveiller. Assis dans son fauteuil, il se pencha en avant et nous considéra à toute vitesse. Son regard n'était plus clignotant ni oblique.

« A ta mère, tu ne serviras pas de pension. Elle ne saurait qu'en faire. L'argent n'a jamais signifié l'émancipation. Tu feras comme si nous étions encore

en vie. *Pour elle tout au moins, nous voulons espérer que nous ne sommes pas encore mort. C'est-à-dire que tout ce dont elle aura besoin, tu le lui fourniras en notre nom. Elle n'a jamais su ce qu'était un combat quotidien pour ce qu'on appelle la vie, elle n'a jamais su ce que valait un billet de banque — et c'est tant mieux. Du moins, nous avons vécu en plein dans notre époque et nous l'avons préservée de quantité de problèmes qui aliéneraient un homme normalement constitué, de corps et d'esprit. A son âge, l'émancipation, le sentiment d'une liberté souveraine ne signifieraient rien pour elle, sinon un déséquilibre.* »

— Pleure pas, maman, disait Jaad. Je t'en prie, pleure pas, ça va bientôt être fini.

« *La maison où elle vit avec vous, elle continuera d'y vivre. Et, pour elle, tu prévoieras tout, longtemps à l'avance, parce qu'il te faudra penser pour elle. Évite-lui les problèmes, mon fils bien-aimé. La farine, le thé, l'huile, le miel, le charbon de bois, tout ce qui constitue les assises d'une famille traditionnelle, tu l'achèteras en gros, au prix de gros, comme nous l'avons toujours fait. La viande, le poisson, les fruits de saison, la salade dont elle est si friande, et les poivrons bien entendu, toutes denrées périssables, tous les jours au réveil, tu les lui feras livrer à domicile, comme nous l'avons toujours fait. Et vis avec elle, à ses côtés, jusqu'à son dernier souffle ou jusqu'à ton dernier souffle, et ménage-la, sois doux et aimant* envers elle, elle est plus que ta mère : elle est le dernier vestige d'une époque fruste, pure et crédule. »

— Oui, mon père, murmura Madini, je ferai tout cela, je vous le jure.

« *Prévois tous les détails, allume-lui son feu avant qu'elle ne te le demande. Et, si elle veut voyager, elle qui n'a jamais voyagé plus loin qu'au bain de vapeur ou à la mosquée, et si elle veut se distraire dans les salles de spectacles qui sont actuellement les lieux d'émancipation de la nouvelle génération, ferme les yeux et marche avec elle et avec ton époque. On se fait une vision multiple d'un être avec lequel on a vécu près d'un demi-siècle. Mais qui nous dit que c'est une vision d'ensemble ? Ainsi des individus et des peuples, hélas ! On voudrait que rien ne change et que tout demeure. Les entreprises industrielles et commerciales, la ferme, les immeubles et les magasins, les sociétés, tout devra fonctionner comme par le passé pour assurer le présent et jusqu'à ce qu'il y ait un semblant d'avenir. Notre notaire et notre banquier ont toute notre confiance et veilleront sur tes premiers pas. C'est comme si tous nos biens t'étaient légués à toi seul, mais à la condition que tu n'en aies pas la jouissance et que tu en sois le gérant pour le bien de tous, comme nous l'avons été, nous.* »

— Je vais essayer, mon père. C'est dur, mais je vais essayer.

Camel planta une cigarette au coin de sa bouche

et l'alluma. L'allumette lui brûla les doigts et il jura à mi-voix. Je comptais les gouttelettes de sueur sur son front. Quand il surprit mon regard, il cracha par terre.

« *Jaad !* »

— Et alors ? cria Nagib. Quand il t'appelle, tu dois venir. Mets-toi à genoux, là... Et sois un homme, que diable !

« *Jaad, un homme ne naît qu'une fois, mais il peut mourir plusieurs fois. Jaad, combien de fois es-tu mort ?* »

Abdel Krim lança son hennissement et Nagid lui envoya le tranchant de sa main en travers de la bouche.

« *Si nous te donnions un champ de blé, tu en ferais vite un cratère où plus rien ne pourrait pousser. Et tu es animé de si bonnes intentions que les pierres du désert en ont pleuré. Nous t'avons donné une usine avec un mode d'emploi et rappelle-toi ce qu'il est advenu et de toi et de cette usine. Rappelle-toi ton long roman d'aventures peuplé d'échecs. Comme c'est étrange ! ce qui fait le bonheur des gens ne peut faire que ton malheur. Ainsi des individus et des peuples. Un homme ou un peuple sous le joug se sent misérable. Mais, une fois libre et maître de son destin, pourquoi devient-il plus misérable ? Pauvre Jaad, notre fils bien-aimé, nous te le demandons : que signifie donc pour toi un héritage ?* »

134

Jaad pleurait. Il secouait la tête et pleurait.

— Oui, mon père.

« *Peut-être à cinquante ans, à soixante, si Dieu te fait vivre jusque-là, comprendras-tu enfin qu'il y a un temps pour l'enfance prolongée, et un temps où l'on devient adulte coûte que coûte. La liberté ne s'acquiert qu'à ce prix. En attendant, nous chargeons le nouveau chef de famille de se comporter avec toi comme il doit se comporter avec votre mère, jusqu'à ta majorité et selon les besoins réels de la famille que tu as fondée et qui augmente en nombre d'année en année. Ainsi des individus et des peuples. L'aide aux pays éternellement sous-développés.* »

— Alors sors, conclut Nagib. Emmène cette femme et allez pleurer tous les deux où vous voudrez. La terre est vaste et il fait si beau dehors, comme s'il y avait cinq ou six soleils.

Il les poussa devant lui et referma la porte.

« *Nagib !* »

Il avait encore la main sur la poignée de la porte. Je vis cette main blanchir. Il se retourna lentement. Je vis sa pomme d'Adam tressauter dans sa gorge. Camel lança le bout de sa cigarette droit devant lui et se tassa de nouveau dans son fauteuil.

— Oui, mon père ? dit le géant.

« *Soulever une camionnette à bout de bras, prendre dans chaque main une tête qui ne te revient pas et*

135

heurter les deux têtes en éclatant de rire, manger un
gigot au petit déjeuner, forniquer plus que nature —
nous plaignons tes compagnes d'une nuit — faire du
pugilat quand tu ne comprends pas, et te réfugier dans
l'alcool quand tu as de la peine, est-ce cela toute ton
existence ? »

— Non, mon père. Mais débarrassez-moi de
ma force, et de mon cœur pendant que vous y
êtes. La terre est vaste et elle est peuplée d'imbéciles. Alors autant leur casser la tête.

« *Te souvient-il de cette longue randonnée que nous*
avons faite ensemble, à la poursuite d'un soulagement
à nos souffrances ? »

— Oui, Seigneur, répondit Nagib. Il saisit une
chaise et l'enfourcha comme un cheval. Et je savais
que maintenant il avait devant lui un être en chair
et en os avec lequel il poursuivait une conversa-
tion que n'avait interrompue que la mort. « Oui.
On allait à cent à l'heure consulter les médecins
imbéciles de cette terre si vaste. Quand il y en
avait un qui ne savait pas, je vous disais d'aller
m'attendre dans la voiture et je m'enfermais avec
lui, dans son cabinet, le temps d'allumer une
pipe. Cette pipe, je ne l'ai jamais allumée tout à
fait. Et, quand une voiture ne filait plus comme je
voulais, je vous le disais. Et vous sortiez votre
carnet de chèques et on achetait une voiture

neuve. L'autre, on la laissait n'importe où, avec votre carte de visite. »

Le sourire qui décomposa son visage ne gagna pas ses yeux. Ses yeux demeurèrent pleins d'effroi.

— C'était le bon temps, ajouta-t-il. Vous et moi, sur les routes, rien que nous deux.

Et on eût dit que cet homme qui était encore à présent nos tenants et nos aboutissants à nous tous avait prévu les moindres détails, les moindres pauses, les questions et les réponses.

« *Tu comprends maintenant ?* »

— Non, dit Nagib posément. Il martela chaque syllabe, comme autant de clous dans une bière. Non-je-ne-comprends-rien-je-veux-comprendre-pourquoi-vous-êtes-mort-vous-et-comment-vous-vous-pouviez-mourir-et-même-être-malade-et-maintenant-la-terre-est-plus-vaste-sans-vous-et-il-n'y-a-plus-que-des-imbéciles-c'est-cela-que-je-ne-comprendrai-jamais. Je vous écoute.

« *Tu ne comprends pas ?* poursuivit la voix du Seigneur. *Ensemble, nous avons sillonné les routes et, au bout de notre voyage, nous avons trouvé la mort. Seulement la mort.* »

Il y eut une longue pause. Nagib resta là, à regarder fixement la bobine. Le sourire abandonna peu à peu sa face, comme les rayons du

137

soleil couchant quittent peu à peu un monticule de terre. Mais ses traits demeurèrent longtemps décomposés, comme si ses nerfs avaient été tranchés d'un seul coup.

« *Ainsi, quand tu passeras toute ta vie à soulever des camionnettes à bout de bras, à casser des têtes, à forniquer, à manger et à rire, il viendra bien un jour où ce sera le terme à toutes tes souffrances. Et ce terme, ce sera...* »

— La mort, dit Nagib.

« *La mort. Tu comprends maintenant ? On peut ne jamais être malade, être fort comme un cèdre de l'Atlas, et pourtant on est mort depuis longtemps, parce qu'on n'a rien fait de sa vie. Le déploiement de ta force, c'est comme la poursuite d'un médicament-miracle ou d'un médecin-miracle. Tu comprends ?* »

— Non, répondit Nagib. Non, je ne comprends pas. Mais disons que je comprendrai un jour. Ce qu'il me faut, c'est que vous me disiez clairement ce que vous attendez de moi. Et ce que vous attendez de moi, je le ferai. Moi tout seul, je tourne comme une toupie, avec ma force qui me fait peur plus qu'elle ne fait peur aux autres. Mais, si vous me dites ce que j'aurai à faire, alors tout ira très bien. La guérison viendra après. Rappelez-vous. Vous me disiez : « Nagib, grand chien, satané voyou, descends dans le puits et vois ce... »

« *Quand le chef de famille aura besoin de ton aide,
et au cas où l'intelligence d'un homme ne peut plus
dialoguer avec une autre intelligence, alors tu pourras
lui donner un coup de main...* »

— D'accord, hurla le géant. Il frappa aans ses
paumes et répéta sur un ton joyeux : « D'accord,
Seigneur, d'accord ! »

« *... quand les locataires deviendront trop sourds,
quand la loi sera précédée d'un fusil, quand le tort
aura droit de cité.* »

— D'accord, Seigneur, d'accord ! Je casse le
fusil et ensuite, je casse les têtes. D'accord !

« *Les chevaux, les ovidés et les bovidés qui paissent
sur nos terres te connaissent bien et tu les connais.* »

— Compris, dit Nagib. Comme d'habitude,
quoi !

« *Et nous croyons bien que tu t'entendras parfaite-
ment avec eux.* »

— Et comment donc, Seigneur ! Il n'y a pas un
seul imbécile là-dedans. Ils ne parlent pas.

« *Les camions de transport, c'est aussi de ton
domaine. Et eux aussi, ils te connaissent et tu les
connais. Ils valent des animaux. Et nous avons
également l'impression qu'ils te tiendront lieu de
famille.* »

Nagib fit craquer ses doigts quatre par quatre.
Les deux pouces, il les noua l'un à l'autre. Je suis
allé m'asseoir sur le bras du fauteuil de Camel, je

lui ai retourné la main, paume en l'air, et je lui ai dit doucement : « Ne pleure pas, mon frère. Tous les deux, nous avons quitté notre famille, notre pays et notre religion. Et, à défaut d'espoir, il nous reste maintenant la résignation. » Il ne m'a pas répondu. Il ne m'a même pas regardé. Mais il n'a pas retiré sa main.

« *Un costume par an, une paire de chaussures, du linge de corps, un salaire mensuel selon ton travail, et pas d'argent de poche, pas le moindre sou pour satisfaire tes goûts dispendieux en tabac, en drogues et en femmes. Madini y veillera scrupuleusement, à moins que le tort n'ait droit de cité et que la loi n'ait ta taille, ton poids et le pois chiche qui te tient lieu de cerveau.* »

— Qui vous dit le contraire ? s'écria Nagib, la main sur le cœur. Vous non plus, vous ne me donniez jamais d'argent de poche. Vous ne me donniez même pas de salaire. Et pourtant j'avais tout ce que je voulais. Le pois chiche se débrouille dans la vie. La terre est si vaste et elle est...

« *Or, moins les chevaux, moins le bétail, moins les moteurs et les coups de poing, restera-t-il vraiment un être humain ? Les heureux de ce siècle sont légion, qui sont condamnés à ne rien faire. Encore heureux que tu ne sois pas aux postes de commande dans ce pays ! Nous n'aurions su alors quels exercices physiques te*

140

prescrire, ne serait-ce que pour ta digestion. Entretien
terminé. »

Nagib resta là un instant, à contempler la bobine, ses mains, ses pieds, comme désemparé. Puis il alla ramasser sa veste, la mit sous son bras et prit la porte.

« *Reste à présent notre cher Abdel Krim.* »

Abdel Krim claqua des talons et fit le salut militaire.

— Présent !

La main que je tenais se referma sur ma main, chaude et moite. « Et voilà ! disait-elle. Moi, le fils aîné. Les génies deviennent fous en vieillissant. J'attaquerai ce testament. Tu as eu raison de partir. Je te raconterai, Driss, je te raconterai. »

« *Cher, cher Abdel Krim, si tu n'avais pas été là, que serions-nous devenu ? On raconte qu'un ermite révolté contre les hommes avait fui le monde des hommes et s'était enfoncé dans le désert. Il marcha dans le désert tant qu'il vit encore une créature de Dieu douée de vie : oiseaux, reptiles, sauterelles et même des plantes. Et, quand il fut dans le vide, quand il put enfin s'asseoir et promener son regard du sable au sable et du sable au ciel, il se mit à prier. Dieu tout-puissant, pria-t-il, Dieu clément et miséri-cordieux, aie pitié de ton serviteur indigne. J'ai fui les hommes et tout ce qui rappelait l'homme et mainte-nant je suis assis tout seul, dans le désert des déserts,*

141

mais je vois encore mon ombre. *Et Dieu clément et miséricordieux eut pitié de son serviteur et lui envoya une mouche, afin qu'il pût regarder cette mouche et oublier son ombre. Abdel Krim, notre fils bien-aimé, sais-tu ce qu'il advint de cette mouche ?* »

— Présent ! répondit Abdel Krim. Non, je ne sais pas.

« *Elle donna naissance à toutes les mouches de la terre, d'âge en âge, jusqu'à notre siècle vingtième, une nuée de mouches par être humain, afin que cet être humain oublie son ombre. Nous sommes des millions et des millions d'êtres humains dans ce monde et pourtant chacun de nous se sent seul et porte le poids de sa solitude. Nous te remercions, car tu as été notre mouche salutaire.* »

— Je suis un agent de police, et non pas...

« *Tu as été notre consolation, notre poésie et notre rire. Qui parle encore de bouffons ? Souvent, quand la tristesse s'emparait de notre âme, nous te regardions t'asseoir, juste t'asseoir et rester là, tes longues jambes étendues devant toi comme une paire de haches. Et tu te grattais les cuisses ou les orteils et tu riais du rire du Jugement Dernier et nous étions vengés de l'enfance que nous n'avons pas connue, de la misère démente d'où nous avions émergé à l'âge de sept ans, directement vers l'âge adulte, avec cinq frères et sœurs qu'il fallait nourrir avec zéro instruction, zéro capital et des impératifs catégoriques et*

142

féodaux vieux de treize siècles et qui nous ordonnaient de courber la tête, l'échine et le moral au nom de la religion et de l'éthique sociale, et de nous contenter d'être un pauvre, exploitable à tout jamais. Oui, tu nous as vengés de ce long travail ininterrompu des résultats duquel nous doutons à présent, et du rire que nous n'avons jamais ri. »

Abdel Krim ne dit rien. Il ne rit même pas. Il ouvrait la bouche et la refermait, coup sur coup. Et aucun son n'en sortait, pas même un sanglot.

« *Alors continue. Pour ta perte et pour la perte de nos sociétés futures qui sont appelées à devenir de plus en plus nécessiteuses et entassées. Elles s'affubleront d'étiquettes diverses, elles se croiront de plus en plus libres, mais elles riront de moins en moins. Nous n'allons pas tenter encore une fois de te donner une nouvelle instruction, à ton âge. Tu as été pendant des années à l'école et tu as décidé un jour que l'instruction ne valait rien — contrairement à ces semi-illettrés qui ont un diplôme et qui dirigent actuellement nos pays dits indépendants. Et tu as même été plus loin que n'importe lequel de nos sages : tu ne sais même plus lire. Nous n'allons pas non plus te trouver parmi nos relations une place dans la société. Tu serais capable, non seulement de provoquer une révolution, et Dieu sait que le monde est fatigué des révolutions ! mais de te prendre au sérieux et de perdre ton rire. Va, Abdel Krim, va sur les routes et*

*où il te plaise! Notre notaire ici présent a toutes
instructions pour te fournir de quoi subsister et rire
jusqu'à la fin de tes jours. Plaise à Dieu que notre vie
n'ait pas été vaine et que la famille que nous avons
fondée n'aille pas à sa propre dissolution. »*

Abdel Krim claqua des talons et sortit. Sur le
seuil, il se retourna pour me dire au revoir. Il
ferma la porte et la rouvrit aussitôt pour me dire
encore au revoir, pour me dire qu'il m'attendait,
que je ne devais reprendre l'avion que lorsqu'il
m'aurait vu et parlé en tête à tête, d'homme à
homme. Il m'offrait un dîner d'adieu, une fête. Il
me présenterait sa fiancée, « tu verras, mon frère,
tu verras ». Il s'en alla en riant.

Le silence s'appesantissait sur nous et je sentais
la pression de la main de Camel. C'étaient des
doigts curieux : courts et épais, semblables à des
barres. Les ongles étaient carrés, avec des lunes
bleuâtres. Un doigt se levait, puis l'autre, un autre
encore, à tour de rôle, et pianotaient sur le dos de
ma main.

« *Camel.* »

Tous les doigts s'immobilisèrent et j'entendis
une sorte de gargouillis.

« *Camel, notre fils aîné, l'homme le plus apte à
posséder réellement, n'est-ce pas ?* »

Camel me fit don d'une cigarette, en prit une
autre avant de refermer soigneusement son étui en

ivoire. La flamme de l'allumette dansa joyeuse-
ment entre nous, illuminant ses prunelles où ne
dansait rien du tout. Il souffla sur l'allumette et
secoua la tête d'un air accablé, comme pour me
prendre à témoin. Et, moi qui le connaissais bien,
je savais qu'il savait à présent qu'il s'était levé de
bonne heure pour une journée de plaisir. L'appréhension était encore là. Quant aux sarcasmes !...

« *Camel, notre fils aîné qui nous a demandé des
comptes de notre vivant, et même un partage, Camel,
notre fils bien-aimé, dis-nous : avec un peu de
philosophie, on peut se préserver de l'indigestion ;
mais avec quelle philosophie est-on sûr de se préserver
de la faim ?* »

Camel eut un petit rire gras. Il lança un rond de
fumée en direction du magnétophone et dit :

— Sacré papa, toujours à philosopher !

« *Or, l'indigestion du riche venge souvent de la
faim du pauvre. Au bout du compte, tous les deux
meurent. Toi, tu as choisi de mourir, et de vivre
avant de mourir, par l'indigestion, car à l'instar de la
nouvelle classe dirigeante tu confonds « posséder » et
« exercer ». Ainsi des individus et des peuples, quand
tourne l'histoire plus imprévisible que n'importe quel
vent du ciel, et qu'une époque en remplace une autre,
et une administration une autre administration. En
fait, si les hommes ont changé, c'est seulement une
substitution d'étiquettes, et les mêmes problèmes*

demeurent, s'ils n'ont pas augmenté en nombre et en intensité. Mais nous sommes libres, n'est-ce pas ? Que si l'on s'interroge sur le sens de l'histoire, nous dirions que la similitude des effets n'a jamais servi à révéler la similitude des causes. »

Camel ne répondit pas. Il faisait des ronds de fumée et les regardait évoluer, gras et jovial, presque paisible.

« Nous pourrions, si bon nous en semblait, te léguer la rouille de nos clous et la peau de nos dents. Mais, d'une part, tu es ainsi fait que sans argent tu es incapable d'être heureux; d'autre part, nous ne serions plus là s'il te prenait la fantaisie de traîner ta mère et tes frères devant les tribunaux. »

D'une détente de l'index prenant appui sur le pouce, Camel envoya sa cigarette au loin. Il n'ouvrit pas la bouche. Mais, moi qui le connaissais bien, je l'entendis hurler : « C'est surtout ça. »

« Car, poursuivit le Seigneur, il viendra un temps, nous en sommes certain, où le juge sera en même temps un législateur. Ainsi des individus et des peuples. 500 000 francs, sous forme de chèque barré. Nous te rappelons que la banque ferme à quatre heures. Tu as juste le temps d'y passer, avant de reprendre le train. »

Je sentis ceci : une seule secousse. Puis Camel retomba sur son fauteuil et se mit à rire.

— Ce sacré papa, tout de même !... Tu veux une autre cigarette ?

Il dut se tromper de poche. Ce fut sa montre qu'il sortit. Je fis non de la tête. J'observais la rotation de la bobine et je savais ce qui allait suivre. Je savais aussi pourquoi j'étais revenu dans ma terre natale.

« Plaise à Dieu que notre tombe soit profonde et que nous n'entendions ni les injures ni les appels au secours de ceux que nous avons laissés derrière nous. Si nous avons fait le moindre tort à quiconque, nous implorons son pardon. Que notre souvenir ne soit un souvenir que pour ceux qui ont les yeux entre le front et le nez — et jamais pour ceux qui regardent en arrière. Notre Dieu, Dieu des hommes, pardonne-nous nos fautes, nous nous chargeons même de celles de nos enfants. Ils sont libres à présent dans un monde d'esclavage déguisé en liberté. Et ils ont découvert tant de moyens de destruction ! Évite-leur les erreurs et toutes formes de violence, surtout celle des idéologies. Quand les individus et les peuples s'emparent de leur liberté, ils en font une possession. Que ton nom soit sanctifié, Seigneur ! Amen ! »

— Amen ! dit Madini.

— Amen ! répéta le vieux notaire.

Je les regardai, l'un rouvrir les yeux et l'autre se lever. L'un venait droit du passé, traînant derrière lui son long chapelet venu du passé et en lui toute la nostalgie des siècles morts, plus vivante que ses os crayeux et poreux ; l'autre soulevait le fardeau du passé et s'apprêtait à le porter tout le long de sa vie.

— Viens ! me dit Camel en consultant sa montre.

— Mais pourquoi avoir épousé une chrétienne et avoir donné à tes enfants des noms de chrétiens ? Le soleil est-il plus lumineux là-bas et La Mecque aurait-elle été transplantée en Europe ? Nous sommes des Arabes, mon frère, et nous luttons, nous menons notre combat pour notre indépendance et notre dignité.

Il tressautait sur ses petites jambes dodues et sa chaîne de montre tressautait aussi. Il était pressé, mais il ne voulait pas courir.

— Je ne dis pas, poursuivit Camel, que tu n'as pas amassé une somme de savoir et d'expériences profonde comme un puits où se noierait toute une tribu. Mais à quoi tout cela t'a-t-il servi ? Combien de maisons possèdes-tu, combien de voitures ? Et qu'est-ce que tu fais donc dans la vie ?

Ses souliers de veau crissaient à chaque pas.

— Puces, punaises, cafards, poux, mouches, moustiques, hurlait le vieillard.

Il nous poursuivait de ses cris et de sa misère,

148

un squelette vénérable. Il avait acheté une boîte d'insecticide, avait réparti cette poudre en sachets disposés dans une caisse qu'il portait à bout de bras, tel un cercueil d'enfant.

— Mes bons messieurs, par pitié, achetez-moi un sachet. Si j'en vends trois, rien que trois, j'aurai de quoi me nourrir. Demain je vendrai autre chose, ou bien je serai dans une autre ville, si je ne suis pas mort. Que diable! les parasites abondent dans ce pays. Puces, punaises, cafards, poux, mouches, moustiques...

Nous avions beau marcher vite, prendre les tournants à angle droit, changer de trottoir. Le squelette était toujours là, devant nous, comme propulsé par l'extraordinaire énergie de sa misère. Misère de ses yeux au bord de la démence, misère de ses pieds nus et si calleux que la corne en était une paire de semelles, misère de son crâne chauve où se miroitait le soleil, tandis qu'un disque chantait l'amour à toute hurlée et qu'à toute puissance un récepteur de radio clamait l'appel à la prière.

— Dieu pourvoira, dit Camel d'une voix douce.

Il me prit par le bras et reprit :

— Ton pays a besoin de toi, crois-moi. Ce n'est pas à l'étranger que tu le serviras.

— Dieu n'existe plus, hurla le vieil homme.

Vous n'auriez pas du travail pour moi? Je peux être banquier, gouverneur, marchand de n'importe quoi.

— Allez, grand-père, dit Camel, rentre chez toi. Le soleil torréfie le café.

Il héla un taxi. *Mehr Licht!* s'écriait Goethe, plus de lumière! Tout plutôt que la vue de la misère.

— Tu ne peux pas t'imaginer, m'expliqua Camel en s'affalant sur la banquette. Avant, ils n'étaient que des mendiants. Et maintenant, ils se font arrogants. Si on les écoutait, on deviendrait plus pauvre qu'eux.

Je ne dis rien. Le silence est une opinion.

— Alors, mon frère? Tu n'es pas trop déçu? Que veux-tu, tu devais bien t'y attendre. Tu te révoltes contre ton père et t'en vas vivre chez nos ennemis. Pour lui, tu étais comme mort et c'est pour cela qu'il n'a même pas mentionné ton nom dans le testament.

Les trottoirs défilaient, les immeubles, les foules. Lentement, vaguement, je commençais à prendre conscience de mon combat. Pendant des années, j'avais lutté en aveugle.

— Et maintenant, qu'est-ce que tu vas faire, mon pauvre vieux?

— Maintenant, répondis-je, je vais aller à la poste. Dis-moi: de quoi est-il mort?

150

— Qui ça ?

— Mon père. Ton père. De quoi est-il mort ?

— Oh ! je n'en sais trop rien. Une maladie de foie.

— Encore une question. Quand nous étions enfants, nous avions le génie des plaisanteries, des mauvaises plaisanteries, tu t'en souviens ?

— Si je m'en souviens ! Une fois, nous avions...

— Quand nous étions enfants, repris-je posément, nous avions le génie des plaisanteries, des mauvaises plaisanteries, tu t'en souviens ? Il y a une quinzaine de jours, j'ai reçu un télégramme signé de mon père, le lendemain de sa mort. C'est toi, Camel ?

— Un télégramme ? Quel télégramme ?

— Alors, conclus-je, dépose-moi ici. Au revoir, mon frère.

J'ouvris et refermai la portière doucement. La vitre était baissée. Je penchai la tête et lui hurlai en plein visage :

— Je t'aime bien, tu sais.

— Moi aussi, dit-il, surpris. Mais qu'est-ce qui te prend ? Où vas-tu ?

Je hurlai :

— A la poste. Et ensuite à la maison. Et ensuite je ne sais où. Ainsi des individus et des peuples. *Amen !*

7.

M. Sken me reçut dans son bureau en faisant semblant de remuer la poussière. Il avait un bureau moderne, des vêtements modernes, une façon moderne de sérier les problèmes et d'en faire la synthèse. C'est-à-dire qu'il me fit tout d'abord un discours sur le matériel des postes et télégraphes, sur les responsabilités qui lui incombaient et qui étaient écrasantes — écrasantes, cher ami ! —, sur le « rôle prédominant d'interconnaissance des citoyens » qui était le lot de tout receveur authentique. Ensuite, il en arriva à la synthèse :

— Et que puis-je faire pour vous, cher ami ?

Ensuite, je m'assis et allumai une cigarette.

— Il y a une quinzaine de jours, j'ai reçu un télégramme. Je l'ai perdu par la suite. Plus exactement, mon frère Nagib s'en est servi pour allumer son cigare. Mais en voici le numéro : B.17.450.22. Puis-je en consulter l'original ?

« La patience fait germer les pierres », disait

mon père. Ma patience a eu raison de tous les arguments, juridiques ou non. Elle a eu raison du temps. A sept heures du soir, M. Sken a posé sur sa table de verre et de fer forgé un rectancle de papier blanc. J'y ai jeté un seul coup d'œil. C'était bien l'écriture de mon père.

M. Sken ne souriait plus du tout. Il venait d'assumer son rôle prédominant dans la société.

— Passez donc au guichet 27, me dit-il d'un ton rogue. Service de nuit, premier étage. Il paraît qu'il y a une lettre qui vous attend poste restante depuis huit jours.

Au guichet 27, un employé somnolent me fit payer huit timbres-taxe et me remit une lettre de grand format qui avait presque le poids d'un colis. Elle contenait une liasse de billets de banque et une carte de visite au nom de mon père sur laquelle la main de mon père avait tracé ces quelques mots :

« *Pour tes frais de séjour. Cherche.* »

— Quelle époque ! se lamenta le docteur Hort. Dire que j'étais médecin-chef et que j'en suis réduit à faire de la clientèle de quartier. Vous prenez quelque chose ?

Non, je ne prenais rien.

— Non, merci. Je ne prends rien.

— A cette heure, je bois toujours une anisette. C'est le climat, comprenez-vous. Le climat et autre chose aussi. L'habitude. Le sentiment qu'on a raté sa vie. Ils ont mis à la tête de mon hôpital un simple infirmier. Les protections, comprenez-vous. Feu monsieur votre père disait que la greffe absorbe l'arbre tout entier. Il était optimiste.

« Le Français se transporte partout avec soi », affirmait Montaigne. Le parquet ciré. Les patins de feutre. Le secrétaire Empire. La barbiche Napoléon III du docteur Hort. Les portraits de famille pendus au mur. Oh! non, la greffe n'avait pas réussi, et l'arbre en était mort.

— De quoi est-il mort ?

Le docteur Hort se mit à se frotter les mains comme s'il les lavait au savon.

— Cirrhose du foie, murmura-t-il. Très douloureuse. Et incurable.

— Il buvait, lui aussi ? L'habitude, lui aussi ? Le sentiment d'avoir raté sa vie ?

Il me gratifia d'un rictus. Oh! oui, la greffe avait eu le même sort que l'arbre.

— Je vous demande s'il buvait. C'était mon père, vous étiez son médecin et j'ai le droit de savoir.

Il agita ses mains. C'était comme s'il venait de

155

les laver et que maintenant il les faisait sécher dans un courant d'air.

— Non, répondit-il d'une voix sèche. Si vous êtes tant soit peu son fils, vous devez savoir qu'il était pieux et qu'il ne buvait jamais.

Il lissa sa barbiche et ajouta :

— Cancer.

— Et vous le lui avez dit ?

— Mon cher monsieur, répliqua le docteur en se levant, quand un homme de cette trempe...

Je me levai à mon tour.

— Je me suis mal exprimé, excusez-moi Lui avez-vous dit que sa maladie était incurable ?

— Que voulez-vous à la fin ? s'écria-t-il, excédé. Me faire un procès d'intention ou quoi ?

Il n'avait pas une seule ride. Mais, tant qu'il me regarda, j'eus l'impression que c'étaient ses yeux qui étaient ridés. C'était ainsi : une multitude d'écailles très minces et couleur d'iris, qui se dépliaient l'une après l'autre, par dizaines, comme un accordéon, et tombaient. Ce fut ainsi : au fond de ces yeux-là, tout au fond, il n'y avait qu'un pauvre homme.

— Il le savait, dit-il.

8.

JAAD

« L'homme ne vit pas seulement de pain », disait l'autre. Il pouvait le dire. C'était une image, un symbole, mais il pouvait bien le dire. Le camp du socialisme pouvait se payer le luxe de clamer qu'il lui fallait autre chose que du pain. Ici, dans la zone, il n'y avait pas de pain. Pas une miette. Rien qu'une humanité marécageuse et sous-socialiste parvenue à l'âge de la formation des os (mais c'était tout), et des enfants, tout un troupeau d'enfants levés avant le soleil et courant nus, ventre boursouflé et yeux immenses à la recherche de poubelles. S'ils y trouvaient des miettes, c'était la bénédiction de Dieu. Mais ils y trouvaient des tracts. Ils ramenaient le trachome, les staphylocoques et cette résignation à l'épreuve de n'importe quelle idéologie d'adultes. Ici, ces enfants-là, et ceux qui attendaient leur retour n'avaient qu'un seul idéal : pouvoir dire un jour qu'ils avaient du

157

pain pour vivre. Et les mouches étaient prospères, les acares, les escarres.

A défaut de pain, il y avait les rebuts dont la société ne savait que faire : des boîtes de conserve rouillées et de vieilles planches pourries. Les planches étaient devenues des murs, les boîtes avaient été découpées au ciseau et formaient des toits de baraques. Mais tous ces os vivants attendaient encore une idéologie révolutionnaire qui les transformât en soldats de plomb, à défaut de murs ou de toits. Ils étaient pliés, membre par membre, devant leurs baraques, face au soleil qui se levait à l'Est d'Éden et qui se couchait tous les jours à l'Ouest de cet Éden. Mais sans doute, au levant comme au couchant, ceux qui mangeaient autre chose que du pain regardaient plus loin que le soleil

Des postes à transistors déversaient sur la zone des mystiques et des statistiques, des normes de production et des hymnes. Les oreilles étaient encore capables d'entendre et les bouches salivaient, les estomacs digéraient les sons de toutes ces bonnes choses de la vie : tous ces biens de consommation que l'Est et l'Ouest affirmaient posséder et qu'ils se jetaient à la face avant de se jeter des bombes et des fusées. Les uns et les autres étaient de la même race. Ils pouvaient se faire la guerre ou s'aimer. Ici, c'était une autre humanité. Parfois, un rayon de soleil venait auréoler le portrait d'un leader au fond d'un taudis. Et cela était ainsi : le portrait était réduit en miettes et jeté dans le ruisseau d'eaux grasses qui coulait à flots entre les baraques.

Le taxi s'arrêta et les os se soudèrent brusquement, se déplièrent avec une extraordinaire énergie. Il y eut un seul et même cri : « L'embauche. » Plus tard, longtemps plus tard, j'en entendrai encore les résonances, une immense clameur me parvenant par échos de la terre entière : échos des Indes, échos de l'Afrique du Nord, du Congo, de l'Indonésie... *L'embauche. L'embauche. Du pain. Du pain. Nous aurons la peau qu'on voudra. La peau qu'on voudra. Qu'on voudra. Pourvu qu'on nous embauche. Embauche. Du pain. Seulement du pain.*

Jaad secoua tristement la tête.

— Hélas ! dit-il, ce n'est que mon frère.

La baraque de Jaad était aussi en planches pourries et en boîtes de conserve aplaties, à sol de terre battue. On y avait étendu une natte qui sentait l'urine. Sur cette natte, enveloppé dans une couverture, un enfant de six mois dormait en

159

suçant son pouce. Ses cinq frères et sœurs étaient dehors. Ils avaient passé l'âge de dormir et ils ne suçaient rien du tout.

— Mais pourquoi ? Pourquoi tout cela, pourquoi cette misère ?

— Pourquoi ? dit Safia comme si elle s'interrogeait. Tu demandes pourquoi ?

Elle était noire de peau, plus âgée que son mari, presque sa mère. Ce n'était pas une vieillesse physique — rien qu'une immense fatigue qu'elle traînait depuis plusieurs existences.

— Moi, répondit-elle. Lui et moi et eux tous. Voilà pourquoi.

Elle se mit à parler à toute vitesse, à voix basse, mais c'était comme si elle avait clamé dans un mégaphone : les mots avaient le poids de tuyaux de plomb, martelés avec rage. Et elle s'était saisie de ma main, la pétrissait avec rage. Ce n'était pas la colère. La colère est encore du sentiment. Rien que la rage d'un être qui ne voulait pas perdre la raison.

— Toi, tu t'es révolté et tu es parti. Eh bien, lui, c'est pareil. Seulement, il n'est pas parti aussi loin que toi. Il a quitté la maison de son père, le monde de son père, et il est parti ici. Pas plus loin qu'ici. Voilà la différence. Et je ne sais pas si, toi, tu es heureux. Mais, nous, nous ne pouvons jamais l'être. Et je ne sais pas si là où tu es parti,

160

c'est comme ici. Mais il y a une chose dont je suis sûre : enfer ou paradis, nous n'en sortirons jamais. Quand je rentre le soir, après seize heures de ménage, d'usine ou de ce que tu voudras, parce que, lui, il ne peut pas travailler, un travail d'homme est ce qu'il y a de plus rare dans ce pays, eh bien, quand je rentre, je ne demande qu'une chose : que mon mari ne se réveille pas. Comprends-tu ? je l'aime, je l'aime plus que ma peau et j'en suis arrivée à rentrer à quatre pattes, tout doucement, pour qu'il reste là à dormir. Sept grossesses coup sur coup, ça rendrait malade une jument, une vache, une chienne. Et je l'aime, comprends-tu ? Je l'aime plus que mes yeux, plus que mes enfants. Je lui achète parfois du vin, du hachich, n'importe quoi qui endorme un mâle désœuvré toute la journée, en train de regarder tristement les gosses qui lui naissent tous les ans et tous ces gens de la zone qui le regardent, lui. Et qu'est-ce que tu veux ? la consolation, c'est moi, toujours moi, le soir, au lit.

Elle fit une pause et reprit d'une voix douce, presque calme — mais le débit était toujours le même :

— Je l'ai rencontré un jour sur la route. Il n'avait même pas de valise. Rien que ses mains dans les poches et l'air de tuer quelqu'un. Tu es né ici et tu dois encore savoir qu'une pauvre

161

bougresse comme moi n'aurait jamais osé lever les yeux sur un fils de bourgeois. Il m'a dit comme ça, avec son air de tuer un bœuf : « Comment tu t'appelles ? » Et je lui ai répondu : « Safia, monsieur. — Safia, a-t-il dit. Safia. Et où est-ce que tu habites, Safia ? » Et voilà ! conclut-elle. Je l'ai amené ici. Tout ce que je possédais. J'étais persuadée qu'il ne consentirait même pas à s'asseoir. Quand je suis tombée enceinte, il a tenu à m'épouser. Je suis allée voir le Seigneur pour lui demander pardon et aussi de l'aide. « Pardon ? m'a-t-il répondu. Et pourquoi ? De l'aide ? Nous, nous voulons bien, mais qu'en dira votre mari ? » Ce soir-là, mon mari a failli me tuer.

— Mais maintenant, dis-je, ça va changer. D'après le testament...

Jaad entra dans la baraque et déposa un paquet de viande, deux pains ronds et une bouteille de lait. Il sifflait un petit air joyeux.

— Comment tu l'aimes ? me demanda-t-il. En brochettes ou en ragoût ?

— Je n'ai pas faim, dis-je.

— Mais si. Mais si. Tu en auras pour ton argent. A propos, il t'en reste encore beaucoup ?

Je tirai la liasse que le Seigneur m'avait réservée pour mes frais. Entre les dents de Jaad, le petit air joyeux se transforma en une marche militaire.

— Ce n'est pas mal, dit-il. Pas mal du tout.

162

Partagée entre les habitants de la zone, cette grosse somme donnerait à chacun d'eux une pomme de terre. Et le lait, tu le bois cru ou chaud ?

— Je n'ai pas soif.

— Mais si. Mais si. Ici tout le monde a faim et soif. Tu disais que maintenant que notre père m'a légué une rente, la vie va changer pour nous ? J'ai bien entendu, n'est-ce pas ?

Il prit un pain et le huma, l'éleva à la hauteur de ses yeux, comme une hostie.

— Driss, nous, nous partirions volontiers puisque tout a changé pour nous comme tu dis. Mais eux, tous ces gens, où partiraient-ils puisque rien n'a changé pour eux ?

Il coupa une bouchée de pain, la mâcha et la cracha aussitôt.

— Driss, est-ce que toi, après tant d'années, tu reviendrais en arrière ?

Je fis non de la tête, doucement.

9.

MA MÈRE

— Oui, continua ma mère. Je vais te laisser
dormir. Tu dois être mort de fatigue, mon pauvre
petit. Alors, quand il l'a épousée, j'ai tout fait
pour que ça ne se sache pas. Mais on aurait dit que
ça lui faisait plaisir que ça se sache. Pas une
mendiante. Pas une paysanne. Non. Une domestique qui avait vécu chez des Français. Alors, le
jour où nous avons eu notre indépendance, les
Français sont partis et elle est restée, elle. Tu
comprends? ils ont emmené leurs bagages et
même leurs chiens. Et ils l'ont laissée, elle. Et sur
qui est-elle tombée? Sur ton frère Jaad, bien sûr.
Il y avait des millions de gens qui se promenaient
ce jour-là sur les routes, c'était un dimanche, je
m'en souviens très bien. Et c'est juste lui, et pas
un autre, qu'elle a rencontré. Et elle lui a dit :
« Comment tu t'appelles? » Et il lui a dit :
« Jaad. » Au lieu de passer son chemin. Il ne lui
est pas venu à l'idée de répondre : « Je m'appelle

165

Ismaël. » Ou : « Staline. » Il prétend qu'il se nourrit de vérité — et quel est donc ce mot barbare ? — de réalisme. Et, bien sûr, *lui* l'a su tout de suite. Ton père. Je m'attendais à une sorte de Jugement dernier, mais il est resté là, assis avec sa maladie, et il n'a rien dit. Il a juste hoché la tête et poussé un soupir. Et ce n'est pas ton frère qui est venu demander de l'aide. C'est sa femme. Elle venait tous les soirs et grattait à la porte. Et je lui donnais les plats que j'avais cuisinés à son intention, en cachette. Mais lui, il ne venait jamais. Non pas qu'il eût peur ou honte. Depuis des années, il n'a peur de rien ni de personne. Quant à la honte, je ne l'ai jamais vu rougir. Driss, ô Driss, j'ai trop de bile dans le ventre. La bile s'amasse et la poche gonfle, gonfle. Tu connais l'histoire du pot-au-feu ? C'est un conte, une parabole. Eh bien, les enfants, c'est pareil. Tu prends une marmite, tu la remplis d'eau, tu y fais bouillir de la viande, des légumes, tu sales et tu poivres, tu épices. Et pendant que ça bout, tu te dis : je sais ce que j'y ai mis : tant de viande, tant de légumes, tels légumes, tant de poivre et de sel, tant d'eau et d'épices. Mais tu ne sais jamais ce que cela donnera une fois cuit. C'est peut-être trop salé, ou pas assez, ça n'a aucun goût ou bien ça t'emporte la bouche. Eh bien, les enfants c'est pareil. Tu les portes dans ton ventre. Tu les nourris. Tu veilles sur leur sommeil et sur leur vie. Tu leur apprends ce qu'est le bien et ce qu'est le mal. Et une fois grands, ils te sont étrangers. La poche gonfle, gonfle, gonfle et un jour elle finira par éclater.

....

— Mais je t'empêche de dormir, mon pauvre petit. L'horloge vient de sonner trois heures et la prière de l'aube approche. Alors, tous ont relevé la tête et ont commencé à se dissiper. L'un rentrait à minuit et l'autre rentrait au bout de huit jours. Et quand je leur demandais s'ils avaient eu froid au corps ou à l'âme, ils me regardaient de la terrasse, plongeant leur regard au fond du puits, l'air de dire : « Qu'est-ce qu'elle raconte, cette femme ? » Et lui, le pauvre Seigneur, il était là, assis avec sa maladie et la main sur le ventre, avec son air de regarder à travers les murs. Parfois il souriait. Tu te rappelles son sourire, dis ? tu te rappelles, Driss ? Il souriait de son demi-sourire et j'aurais accouru sur les mains. Mais il n'avait pas besoin de moi, il n'avait plus besoin de personne. Ce n'était pas à moi qu'il souriait, ni à moi ni à personne. Et ses fils entraient, lui jetaient un coup d'œil et ressortaient aussitôt. Lui aussi, il leur était devenu étranger. Et j'étais là, moi, à perpétuité, entre un homme qui ne disait pas un mot et des démons qui ne me disaient rien, jamais —

167

excepté ces commandements : « Alors, on mange ou on ne mange pas ? » « Tu me réveilleras à six heures. » « Silence !... »

. . . .

— Mon pauvre petit, je te tiens éveillé avec mes histoires que tu oublieras demain. Pardonne-moi. A qui d'autre pourrais-je les raconter ? Un jour, j'ai creusé un trou dans la terre et j'y ai déversé ma vie entière. Et tu ne sais pas ? La terre n'en a pas voulu. Je me suis couchée et, sitôt dans mon lit, je me suis encore souvenue, avec plus de détails, plus d'intensité. La mémoire, Driss, la mémoire est tout ce qu'il me reste. Alors, un jour il est parti. Oui. Je suis entrée dans sa chambre et je l'ai trouvée vide. A midi, son banquier juif est venu nous dire de ne pas nous inquiéter et qu'il était là, lui, pour nous fournir tout ce dont nous aurions besoin, désormais et jusqu'à nouvel ordre du Seigneur. C'était un Juif, Driss, tu m'entends ? Tu connais la religion, tu sais de quelle famille de religieux je suis la descendante. Eh bien, j'ai embrassé les mains de ce Juif, ses pieds, ses souliers. Mais il ne m'a rien dit, rien appris d'autre que ceci : « Votre mari, madame, est allé dans une île déserte. Il a consulté beaucoup de médecins et il en est arrivé à considérer que sa maladie était une affaire entre Dieu et lui. » Voilà ce que m'a dit cet homme. Et chaque fois qu'il est

168

revenu (il venait toutes les semaines, le lundi matin à dix heures), j'étais là, sur le perron, et je me précipitais sur lui pour avoir des nouvelles. « Mais, madame, je n'en sais rien moi-même, je vous le jure. Tout ce que je sais, c'est qu'il est dans une île déserte, mais j'ignore laquelle. » Voilà ce qu'il me disait tous les lundis, à peu de chose près. Cinq ans, Driss, son absence a duré cinq ans. Et un jour, il est revenu. Dans une camionnette de la ferme. Deux heures après, il était mort...

. . . .

— Tu dors, mon pauvre petit ? Tu sais, il ne faut pas te dire que je suis devenue une vieille femme qui ne fait que se plaindre. J'essaie de comprendre. Tous les jours, j'essaie davantage, mais personne ne m'aide à comprendre quoi que ce soit. Si je pouvais encore enfanter, ce serait la bénédiction du ciel. Parce que, toute ma vie, je n'ai fait que cela : enfanter et avoir autour de moi des enfants dans leurs langes. Un petit enfant, je le comprends et il me comprend. Mais une fois grand, il se détache de sa mère et c'est comme un homme que tu n'as jamais vu. Tant que j'ai eu des enfants, tout allait bien. Ils grandissaient l'un après l'autre, mais il en restait toujours un qui était encore petit, que je pouvais nourrir et soigner, et regarder en rêvant. Mais maintenant qu'ils sont tous de vieux adultes, je reste toute seule. Et alors je regarde mes mains, les mains que voilà, desséchées comme deux figues desséchées. A quoi vont-elles servir à présent ? Il me reste les souvenirs, mais même les souvenirs s'estompent, deviennent vieux. Le Seigneur ? il n'a jamais été un enfant. Tu comprends, Driss ? Le monde entier a vieilli, vieilli, et c'est cela le pire : je suis restée une enfant. Oh ! je ne me fais pas d'illusions et je sais me regarder dans la glace. J'ai beau prendre le tambourin et le battre, danser, chanter, mais il y a une chose que je sais et qui m'immobilise aussitôt, arrête la chanson sur mes lèvres : le monde me dépasse, Driss, il court plus vite que je ne puis courir même en imagination. Ces choses-là, je ne les ai jamais racontées à quiconque. Pas même au Seigneur. J'ai beau me raisonner, Madini a beau me sortir en voiture et même dans une barque à moteur — pour m'aérer, dit-il, pour me distraire, pour ne plus penser au mort. Mais ce n'est pas au mort que je pense. C'est ici, dans cette maison, que je suis le mieux. Dans cette maison qui, selon la coutume ancienne que la loi islamique réservait aux femmes, a été ma prison pendant trente ans.

— Je t'en prie, maman !

Elle ne parut pas m'entendre.

— Pendant trente ans. Et l'on dit que maintenant nous sommes tous libres, mais je te le demande : une vieille prisonnière comme moi ne finit-elle pas par aimer sa prison ? Une prison, petite ou grande, est toujours une prison.

Je me dressai dans mon lit et criai :

— Je t'en prie !

10.

A perte d'ouïe, les explosions des moteurs pompant l'eau du sein de la terre, les chuintements des courroies de transmission, les sifflements des roseaux dans la brise du soir. L'eau tombait du réservoir dans les rigoles de terre rouge. A perte de vue, des plants de tomates, des ouvriers, hommes et femmes, se baissant, cueillant les fruits mûrs, alignant des cageots. Là-bas, très loin, comme une naissance ou comme une mort, le soleil brasillant au couchant. Un criquet et son cri perçant. Une buse planant puis tombant sur la mer comme un aérolithe, rougie par les flammes de l'horizon. Et la paix, une ombre de paix descendant sur la terre avec la brise du crépuscule, fraîche et lénifiante comme elle.

Debout dans son camion dix tonnes, Nagib hale les cageots et les entasse par dizaines. Il fredonne une rengaine où il est question d'un pêcheur qui pêche des sirènes. Parfois il lance un ordre. Et parfois un éclat de rire. Les cageots forment une pyramide, mais il continue de les empiler sur le camion et il continue de chanter. Nu, suant, heureux. L'enthousiasme est dans chacun de ses gestes, dans sa voix, dans ses yeux. Il a une tâche à présent, claire et bien définie. Quand l'histoire tournera, il sera toujours là, bâtisseur ou démolisseur d'empires, fort et tranquille, pourvu qu'il ne reste pas seul et qu'il ait une tâche claire et bien définie. Toute idéologie, c'est pour lui. N'importe laquelle. L'action. L'affirmation de la personnalité dans l'action. Le dirigisme. Hymnes et fanfares. La guerre. L'héroïsme.

Tout au fond du domaine, il y a un sentier. L'herbe l'a recouvert, mais je retrouve les yeux de l'enfance. Au bout, c'est la grève et, en pleine mer, un rocher. Au reflux, on peut y accéder facilement. L'eau n'arrive pas plus haut que le genou.

Une maisonnette en parpaings, à toit plat. Une chambre avec un lit de camp et un coffre. Sur le lit, je reconnais divers objets : un livre du mystique musulman Ghazali, un exemplaire du Coran et une calotte blanche. De celles que portait mon père.

Le coffre est vide. Une bougie, un réchaud à

pétrole, une théière, une boîte, deux verres, une poêle et un couteau sur une rangée de parpaings en guise de cuisine. Il n'y a pas de fenêtre. Mais la porte est vitrée, à deux battants. A elle seule, elle occupe tout un mur.

— C'était ici, son île ?

Ali m'a regardé. Il m'a connu enfant et je l'ai toujours connu vieux et chenu. Il ne mourra jamais.

— Oui. Et à présent, c'est la mienne. Il me l'a léguée avant de mourir. Tout ce que je désirais dans ce monde.

Il a préparé du thé et nous l'avons bu en silence, face au couchant.

— Il a beaucoup souffert ?

— Il n'en laissait rien voir en tout cas. Je venais le voir deux fois par jour, à marée basse. Il était toujours là, exactement où vous êtes, assis sur le bord du lit, à regarder la mer. Je lui apportais à manger et je m'en allais aussitôt, sans rien dire. Au début, je lui avais parlé et il ne m'avait pas répondu. J'ai fini par devenir muet, moi aussi.

Il a allumé la bougie et l'a collée sur le coffre, avec sa propre cire.

— Mais je crois bien qu'il souffrait. Les derniers temps surtout. Le soir, quand il ne pouvait plus rien voir sur la mer. Il allumait la bougie, prenait un livre et essayait de lire. Et je ne sais pas

175

si ce qu'il lisait était douloureux, parce que sa figure devenait comme un masque. Alors il sortait du coffre un petit flacon, avalait une pilule et je n'avais pas refermé la porte qu'il dormait déjà. Je revenais pour souffler la bougie.

Il a fouillé dans les poches de sa vareuse et m'a tendu un flacon vide.

— Tenez, en voilà un. Celui-là il en a avalé toutes les pilules, d'un seul coup. Et il m'a dit : « J'ai besoin de dormir. » Il y avait si longtemps que je n'avais pas entendu le son de sa voix. Et ce fut la dernière fois que je l'ai entendu.

J'ai pris le flacon. J'ai lu la formule. Que n'avais-je pas fait dans ma vie ! J'avais même été chimiste. 5. allyl. 5-1. méthylbutyl-malonylurée.

— C'est lui qui vous a chargé de me remettre ce flacon, afin que je sache qu'il a mis fin à sa vie ?

Ali s'est mis à trembler.

— Je ne savais pas. Il m'a juste dit de vous attendre et de vous le donner. Mais je vous jure que je ne savais pas.

11

MADINI

— Driss, maintenant que nous sommes seuls, je voudrais te parler. Assieds-toi. J'ai six questions à te poser. L'otite, qu'est-ce que c'est ?

C'étaient le soleil chauffé à blanc, la terrasse blanchie à la chaux, le roucoulement doux des pigeons et, parfois, quand l'un d'eux prenait son vol dans un sifflement d'ailes, un éclair d'ombre et de fraîcheur. Je retournai une caisse d'emballage et m'assis. Lentement, douloureusement, pendant des années, j'avais subi une crise d'identité. J'étais calme à présent, presque mûr — mais pourquoi avais-je l'impression d'avoir brusquement vieilli ?

— Je ne sais pas, dis-je. Je ne suis pas médecin. Un microbe tenace et vivace. Quand la maladie s'attaque aux enfants en bas âge, surtout au moment où ils percent leurs dents, il faut la combattre sauvagement. En général, on donne des antibiotiques, tétracyline de préférence. Pourquoi ?

Un couple de pigeons bruns s'était posé sur la tête de mon frère et lui picorait le cuir chevelu. Un autre s'était installé sur ses genoux et se faisait la guerre, un blanc et un gris. Très loin, presque un rêve, un muezzin chantait la prière de midi.

— Cette otite, quelle saloperie ! dit Madini. Rien que de voir un gosse atteint de cette otite de malheur, moi, je suis comme fou. Et Jaad, que penses-tu de Jaad ?

Il tira de sa poche une poignée de grains de maïs, mais il n'eut pas le temps de la lancer. Un vol de pigeons s'abattit brusquement sur nous, comme une nuée de sauterelles, leurs ailes claquaient comme une salve de peloton. L'instant d'après, ils étaient déjà loin, même ceux qui se battaient sur les genoux de mon frère. Seuls, les pigeons bruns restèrent là, sur son crâne, indifférents et picorant. Il y avait si longtemps ! Je croyais que les êtres et les choses du passé n'appartenaient qu'au passé, jamais aux vivants. Je venais de vivre une expérience, j'avais peu parlé, peu agi. Je m'étais contenté d'être un spectateur, un témoin. Maintenant, je savais que je n'avais cessé d'être le principal acteur de ce drame. Et quel en était donc le bilan ?

— Jaad ? répondis-je. Je ne sais pas.

178

— Jaad, dit-il. Qui donc connaît Jaad ? T'a-t-on déjà dit que c'est lui et sa bande qui ravitaillaient nos frères algériens en armes et en munitions, par camions entiers, cachées sous des chargements de tomates ?

Non, personne ne me l'avait dit.

— Non, personne ne me l'a dit.

— Et pourtant, conclut-il avec un soupir, ce n'est pas un héros. Il ne le sera jamais. Troisième question : nous n'étions pas civilisés, mais maintenant nous sommes en train de le devenir, nous sommes des pays en voie de développement, comme on dit. Mais la question se pose : combien de morts coûte ce qu'on appelle une civilisation ?

Il était là, assis en tailleur, vêtu juste de son pantalon de toile retroussé jusqu'aux genoux. Sa peau était tannée, ses épaules tombantes. Il avait l'air grave et triste avec ses oiseaux sur la tête — et il eût pu tout aussi bien s'agir d'une paire de drapeaux. Devant lui, il y avait une traînée de sable, venue Dieu seul savait d'où De l'index, il y traçait des lignes parallèles.

— Je ne suis pas aussi instruit que toi et c'est pour cela que je m'interroge. Avant, je n'étais que le fils du Seigneur. Maintenant, je ne suis que son ombre dans un monde où on entend le fracas des diplômes qui se déploient. Et j'ai peur, Driss terriblement peur.

Du plat de la main, il effaça les traits sur le sable et se mit à dessiner le plan d'une maison. Je m'étais révolté et avais quitté cette maison. Une révolte passionnelle avec une expression uniquement passionnelle. Le Seigneur parlait de greffe et d'arbre. Et voici : j'étais issu de l'Orient et des traditions de l'Orient. J'avais été instruit et éduqué dans des écoles d'Occident. Et non seulement la greffe avait pris, mais l'arbre n'avait jamais donné autant de fruits. Je l'ai pris alors à deux bras et je suis parti vers cet Occident d'où venaient toutes sortes de greffes. Et voici : c'était comme si j'avais transporté avec moi tout un lambeau de terre, tout un monde. Et le monde vers lequel je me dirigeais m'a semblé froid, fermé et hostile. Comment dire ? les fruits se sont desséchés sur l'arbre et, au bout de seize ans, je n'avais pas encore trouvé un seul petit lopin de terre où enterrer mon arbre mort depuis longtemps.

— Beaucoup, dis-je. Beaucoup de morts. Mais il le faut.

— Quatrièmement, poursuivit-il, là-bas où tu es resté si longtemps, est-ce que parfois tu pensais à nous ? Est-ce qu'on peut partir un jour et tout quitter et continuer de vivre comme si le passé n'avait jamais existé ?

J'ai vu l'Occident prôner l'humanisme et agir

180

en cruautés. Et, assis entre deux portes fermées, j'ai tant crié à la fraternité humaine et à la connaissance mutuelle que j'en suis devenu malade, insomniaque et tressautant au vol d'une simple mouche. Et, par contre-coup, dans ma solitude, je me suis recréé une terre natale couleur de mirages et de vérité. Écoutez : c'est *ici*, dans les bidonvilles de vos cités de béton, que j'ai redécouvert l'Islam. Vous m'entendez, vous tous ?

— Oh ! oui, dis-je. On peut partir et continuer de vivre. Et on peut être mort et vivre quand même.

— Les microbes, quoi ! L'otite. On s'en débarrasse. On croit que c'est fini. Mais ce n'est pas vrai. L'otite est partie, mais maintenant c'est l'angine, ou l'amygdalite, ou la bronchite. Crois-moi, Driss, les microbes ne meurent jamais. C'est comme le passé, Driss. Les séquelles du colonialisme et du passé. J'essaie de m'en débarrasser, pour ne plus jamais être malade. Mais c'est si difficile. Si difficile.

La maison qu'il dessinait sur le sable était à ciel ouvert, avec un patio. Pas une fenêtre sur le monde extérieur. Un monde clos, à l'abri des microbes.

— Tu comprends, Driss ? je ne sais rien. Je ne sais presque rien et j'essaie d'un seul coup de tout

181

savoir afin d'être libre. Notre père est mort, et maintenant je suis un être indépendant. Mais il y a l'ignorance, les traditions figées, les misères, toutes ces séquelles qui empêchent un homme d'être libre. Qu'est-ce que la liberté, Driss ? C'est ma cinquième question.

Et maintenant ? Maintenant, je me suis aperçu que ma révolte d'alors était dirigée contre mon père. Contre l'autorité de mon père. Je souffre encore de cette mort, mais il a fallu qu'il meure pour que je réalise soudain que j'étais un être vivant. Longtemps, longtemps, j'avais lutté dans un souterrain, parlant à tort et à travers d'Orient et d'Occident. Mais vraiment, y a-t-il encore un Orient et un Occident ?

— Pourquoi je te dis tout cela ? Tu sais, toi tu es parti en Europe, Jaad dans son bidonville et, moi, je suis resté chez le Seigneur, dans la demeure du Seigneur. J'ai appris un métier. Chauffeur-livreur. Et j'ai appris du même coup les rudiments de la vie. La vie qui n'était pas la nôtre. Il y a tant de choses à faire. Je me suis inscrit à un parti politique, je suis devenu un militant syndicaliste, je suis même devenu le délégué des chauffeurs-livreurs à la Centrale ouvrière. Il y a tant de choses à faire, mon frère : apprendre au peuple à s'organiser et à lutter à plusieurs voix et à plusieurs vies. Faire la synthèse de leurs revendications individuelles et éparses et les transformer en revendications sociales et révolutionnaires. Le besoin de tous ces gens de manger à leur faim, le besoin de travailler à plein emploi, le besoin surtout de s'instruire et d'être des hommes libres.

Oui. Quand il se redressa et chassa les pigeons, quand il me regarda de ses yeux tristes et profonds, c'était déjà l'ombre du Seigneur. Le clerc allait trahir. Le sens des responsabilités. L'imitation du Seigneur, de sa démarche, du timbre de sa voix. Le pouvoir. La jouissance du pouvoir. Le passé exhibé comme une dépouille mortelle. Cela, rien que cela — et le souvenir lancinant d'un idéal révolutionnaire, d'année en année. Un jour, dans vingt ou trente ans, je le retrouverai coiffé de la calotte du Seigneur, assis dans le fauteuil du Seigneur, patriarcal et digne. Un « être libre ». Le retour aux sources. *L'arabitude.*

— La sixième question, dis-je en me levant à mon tour, je vais la poser à ta place. Driss, que vas-tu faire à présent ?

— Oui, qu'est-ce que tu vas faire ?

— C'est bien simple. Je vais reprendre l'avion et je retourne chez moi.

— Bonne chance ! me dit mon frère en souriant.

Sanglé dans son uniforme, le douanier me considérait de bas en haut en mâchant des cacahuètes.

— Bien sûr, répondit-il, c'est moi qui vous ai envoyé ce télégramme. Au nom de votre père et sur son ordre. Et c'est par mes soins que la lettre contenant tout cet argent a été déposée poste restante. Toujours sur son ordre. Et je m'aperçois que c'était un homme remarquablement intelligent, puisque vous voilà. Il avait tout prévu, Dieu ait son âme !

Le sachet des cacahuètes, il en fit une boule qu'il lança d'une chiquenaude. Il se leva avec peine.

— Et puisque vous voilà, dit-il en se mettant à courir, je soulève ma graisse et je m'en vais courir avec vous, mon fils. Dépêchez-vous. Vous avez juste le temps de prendre l'avion. Oui, il avait même prévu un billet d'avion, deux mois avant sa mort. Tenez, le voilà, votre billet.

L'*homo sapiens* était là. Il me vit et se précipita sur moi, la main tendue.

— Oh ! Comment allez-vous, cher ami ? C'est un si beau pays que le vôtre. J'y ai découvert des vestiges d'un passé si chargé d'histoire...

Outre le billet d'avion, l'enveloppe que venait de me remettre le douanier contenait un message.

« *Le puits, Driss. Creuse un puits et descends à la recherche de l'eau. La lumière n'est pas à la surface, elle est au fond, tout au fond. Partout, où que tu sois, et même dans le désert, tu trouveras toujours de l'eau. Il suffit de creuser. Creuse, Driss, creuse.* »

DU MÊME AUTEUR

Aux Éditions Denoël

LE PASSÉ SIMPLE, *roman* (« Folio », n° 1728).

LES BOUCS, *roman* (« Folio », n° 2072).

DE TOUS LES HORIZONS, *récits*.

L'ÂNE, *roman*.

SUCCESSION OUVERTE, *roman* (« Folio », n° 1136).

LA FOULE, *roman*.

UN AMI VIENDRA VOUS VOIR, *roman*.

LA CIVILISATION, MA MÈRE !..., *roman* (« Folio », n° 1902 ;
   « Folioplus classiques », n° 165).

MORT AU CANADA, *roman*.

L'INSPECTEUR ALI, *roman* (« Folio », n° 2518).

UNE PLACE AU SOLEIL, *roman*.

L'INSPECTEUR ALI ET LA C.I.A., *roman*.

VU, LU, ENTENDU, *mémoires* (« Folio », n° 3478).

LE MONDE À CÔTÉ, *roman* (« Folio », n° 3836).

L'HOMME QUI VENAIT DU PASSÉ, *roman* (« Folio », n° 4341).

L'HOMME DU LIVRE, *roman*.

Aux Éditions du Seuil

UNE ENQUÊTE AU PAYS, *roman* (« Points/Seuil »).

LA MÈRE DU PRINTEMPS, *roman* (« Points/Seuil »).

NAISSANCE À L'AUBE, *roman* (« Points/Seuil »).

Composition et impression CPI Bussière
à Saint-Amand (Cher), le 23 juin 2014.
Dépôt légal : juin 2014.
1ᵉʳ dépôt légal dans la collection : août 1999.
Numéro d'imprimeur : 2010757.

ISBN 978-2-07-037136-5./Imprimé en France.
Précédemment publié par les Éditions Denoël.
ISBN 2-207-20315-8.